星漢

漢詩集
遥かなる星漢

竹中淑子

西田書店

漢詩集　遥かなる星漢　目次

永く無情の遊を結び
あい期す邈(はる)かなる雲漢に

永結無情遊
相期邈雲漢

（李白「月下独酌詩」より）

一、名歌の意に拠り作詩す

今はただしひて忘るるいにしへを
　思ひ出でよと澄める月かな
　　　（建礼門院右京大夫）

今宵の皓月（こう）

草深き方丈（ほうじょう）　畢生（ひっせい）の恋
忘却敢（あえ）て為（な）す　芳歳（ほうさい）の征（ゆ）くを
何故（なにゆえ）ぞ　今宵の皓然の月
吾に促（そく）す　回想せよ　昔年の情を

皓月（白く輝く月）　畢生（終生）
方丈（一丈四方の広さの家）

今宵皓月

草深方丈畢生戀
忘却敢爲芳歳征
何故今宵皓然月
促吾回想昔年情
（七言絶句／庚韻）

心にもあらでうき世にながらへば
恋しかるべき夜半の月かな
（三条院）

今宵円月輝く
憂愁（ゆうしゅう）　耐える無し漫然（まんぜん）の生
長寿　曽（かつ）て思う情に適（かな）わずと
冷艶（れいえん）団々たる夜分の月
月華に恋々　前程を惜しむ

憂愁（うれい悲しむ）
漫然（何とはなしの）
冷艶（ひややかな美しさ）
団々（丸い）
前程（これからの世）

今宵圓月輝
憂愁無耐漫然生
長壽曾思不適情
冷艷團團夜分月
月華戀戀惜前程
（七言絶句／庚韻）

花の色は移りにけりないたづらに
　わが身世にふるながめせし間に
（小野小町）

花色

季移色褪滿山櫻
長雨蕭然散淡英
行遇殘華嘆變幻
獨思萬象惜春情
（七言絶句／庚韻）

花色

季移り　色褪（あせ）る満山の桜
長雨 蕭然（しょうぜん）と　淡英を散らす
行（ゆ）く残華に遇（あ）い　変幻（へんげん）を嘆き
独り思う　万象（ばんしょう）惜春の情

蕭然（ものさびしいさま）　変幻（幻のようにたちまち現れ消えること）
淡英（あわい色の花）　万象（万物）

風をいたみ岩打つ波のおのれのみ
くだけてものを思ふころかな

（源重之）

岩を打つ波

烈風(れっぷう)頬(ほゝ)を打つ　激流の潯(しん)
飛颺(ひよう)の狂濤(きょうとう)　忽(たちま)ち自ら沈む
惑乱(わくらん)の吾身　砕(くだ)ける波の如(ごと)く
回々(かいかい)として頃日(けいじつ)　潜懐(しんかい)深し

打岩波

烈風打頬激流潯
飛颺狂濤忽自沈
惑亂吾身如碎浪
回回頃日潛懷深

（七言絶句／侵韻）

烈風（激しい風）
潯（水際、岸）
飛颺（ひるがえり飛ぶ）
狂濤（狂った波）

惑亂（心がまどい乱れる）
回々として（めぐりめぐる）
頃日（近頃）
潜懐（心に秘めた思い）

奥山に紅葉踏み分け鳴く鹿の
　声聞く時ぞ秋はかなしき
（猿丸大夫）

哀鹿鳴（あいろくめい）

幽峰　斜照　自ら寥々（りょうりょう）
野鹿　紅を踏む樵路（しょうろ）遥か
切々たる鳴声　山気を裂き
悲哀此（ここ）に極まる　晩秋の宵

斜照（夕日の光）　紅（もみじ）
寥々（しんとして静かなさま）　樵路（きこりの通り道）

哀鹿鳴

幽峰斜照自寥寥
野鹿踏紅樵路遙
切切鳴聲裂山氣
悲哀此極晩秋宵
（七言絶句／蕭韻）

山川に風のかけたるしがらみは
　流れもあへぬ紅葉なりけり
（春道列樹）

紅葉

深山　滾々（こんこん）と一条の川
風葉紛々（ふんぷん）　水淵を染む
見ずや　流れに架（か）く揺動（ようどう）の柵（さく）
是（こ）れ真に紅錦（もみじ）　数重の氈（せん）

滾々（水のさかんに流れるさま）　揺動（ゆれ動く）
風葉（風に散る葉）　氈（もうせん）
紛々（乱れ飛び散るさま）

紅葉

深山滾滾一條川
風葉紛紛染水淵
不見架流搖動柵
是眞紅錦數重氈
（七言絶句／先韻）

村雨の露もまだひぬ槙の葉に
霧たちのぼる秋の夕暮
（寂蓮法師）

雨余の晩景

驟雨（しゅうう）　時に来たる邑里（ゆうり）の辺（あた）り
霽氛（さいふん）　空際（くうさい）に雲煙を動かす
槙（まき）の梢（こずえ）　滴露（てきろ）未だ干（ひ）ぬ処
霧塞（むそく）　凄然（せいぜん）たる秋の暮天

驟雨（にわか雨、夕立）
邑里（むらざと）
霽氛（晴れるけはい）
空際（空が地と接して見えるような、遥かな空）

雨餘晩景

驟雨時來邑里邊
霽氛空際動雲煙
槇梢滴露未干處
霧塞凄然秋暮天
（七言絶句／先韻）

雲煙（もや、かすみ）
干す（かわく）
霧塞（霧がたちこめて暗いこと）

一の谷の軍（いくさ）破れ
討たれし平家の公達あわれ

夭折（ようせつ）の公達（きんだち）平敦盛（あつもり）

平家の一の谷　赤旗頽（くず）れ
首を馘（き）られし　婉孌（えんれん）の公子哀れ
唯（ただ）聴く暁風（ぎょうふう）に　青葉の曲
哭声（こくせい）の横笛　正に悲しき哉（かな）

夭折（わかじに）　暁風（暁の風）
婉孌（年若く美しい）　哭声（悲しんで泣く声）

暁（あかつき）寒き須磨の嵐に
聞こえしはこれか青葉の笛
「青葉の笛」（大和田建樹作）

夭折公達平敦盛

平家一谷赤旗頽
馘首婉孌公子哀
唯聴暁風青葉曲
哭聲横笛正悲哉
（七言絶句／仄韻）

青葉茂れる桜井の
里のわたりの夕まぐれ
木(こ)の下陰(したかげ)に駒(こま)とめて
世の行く末をつくづくと
忍ぶ鎧(よろい)の袖の上(え)に
散るは涙かはた露か

「桜井の訣別」（落合直文作詞）

楠木正成父子櫻井別

櫻井郊坰樹影昏
梟雄諭子促歸村
冑纓鎧袖數行涙
繫馬哀嘶離別言

（七言絶句／元韻）

楠木正成父子桜井の別れ

桜井の郊坰(こうけい)　樹影は昏(くら)し
梟雄(きょうゆう)　子を諭(さと)し　村に帰るを促(うなが)す
冑纓(ちゅうえい)　鎧袖(がいしょう)　数行の涙
馬を繋(つな)げば哀嘶(あいせい)　離別の言(げん)

桜井（奈良の地名）
郊坰（まちはずれの地）
梟雄（荒々しく強い英雄）
冑纓（かぶとのひも）
鎧袖（よろいのそで）
哀嘶（哀しいいななき）

また立ちかへる水無月の
歎きを誰にかたるべき
沙羅のみづ枝に花さけば
かなしき人の目ぞみゆる

（芥川龍之介）

面影

沙羅樹杪素華闌
面貌一過花影看
幾度巡來水無月
誰將哀眼語哀歡

（七言絶句／寒韻）

面影（おもかげ）

沙羅（さら）の樹杪（じゅしょう）に　素華（そか）闌（らん）たり
面貌（めんぼう）一過　花影に看（み）る
幾度か巡（めぐ）り来たる　水無月の
誰にか哀眼を将（も）って　哀歓を語らん

沙羅（沙羅木、ナツツバキ）
樹杪（樹のこずえ）
素華（白い花）
面貌（おもかげ）
哀眼（哀しい目）
哀歓（悲しみと喜び）

うすもののニ尺のたもとすべりおちて
螢ながるる夜風の青き
（与謝野晶子）

螢（ほたる）

君を待ちて　漫（そぞ）ろに歩めば　江亭（こうてい）に到（いた）る
煙霧（えんむ）纔（わずか）に晴れ　蕪径（ぶけい）馨（かお）る
児女の紗衣（しゃくい）　尺余（しゃくよ）の袂（たもと）
一螢纏（まつわ）る如（ごと）く　夜風に青し

江亭（川べりの亭）　紗衣（更紗の着物）
蕪径（あれた小道）　尺余（一尺少し）

螢

待君漫步到江亭
煙霧纔晴蕪徑馨
兒女紗衣尺餘袂
一螢如纏夜風靑
（七言絶句／青韻）

なにとなく君に待たるるここちして
　出でし花野の夕月夜かな
　　（与謝野晶子）

月夜

暮天（ぼてん）に　我を誘（いざな）う秋桜の野
或は君来りて　此の途（みち）待つ有らん
何故（なにゆえ）か知らず　歩々軽く
唯看る　花尽き　月明孤なり

暮天（夕ぐれの空）　歩々（一歩一歩）
秋桜（コスモス）

月夜

暮天誘我秋櫻野
或有君來待此途
何故不知輕歩歩
唯看花盡月明孤
（七言絶句／虞韻）

おりたちてうつつなき身の牡丹見ぬ
そぞろや夜を蝶のねにこし
（与謝野晶子）

玄夜の牡丹

漫ろに閑庭に出ず　無月の宵
模糊として幽闇　牡丹妖なり
憐れむべし此の蕊　誰が為に発く
香夢の蝶は醒め　風裡に嬌めく

玄夜（暗い夜）
幽闇（かすかなやみ）
妖なり（あでやか）
香夢（花の下で見る夢）
風裡（風の中）
嬌めく（なまめかしい）

玄夜牡丹

漫出閑庭無月宵
模糊幽闇牡丹妖
可憐此蕊爲誰發
香夢蝶醒風裡嬌
（七言絶句／蕭韻）

時は暮れ行く春よりぞ
また短きはなかるらん
恨(うらみ)は友の別れより
さらに長きはなかるらん

君を送りて花近き
高楼(たかどの)までもきて見れば
緑に迷う鶯(うぐいす)は
霞空(かすみむな)しく鳴きかえり

（中略）

あゝいつかまた相逢(あいあ)ふて
もとの契(ちぎ)りをあたためむ
梅も桜も散りはてて
すでに柳はふかみどり
人はあかねど行く春を
いつまでこゝにとゞむべき
われに惜(おし)むな家づとの
一枝(いっし)の筆の花の色香(いろか)を

（島崎藤村「晩春の別離」）

晩春の別離

君を送れば　紅雨　高楼に到る
緑影の流鶯（りゅうおう）　去りて又た留まる
晩春を惜しむの情　蕭瑟（しょうしつ）を奈（いかん）せん
朋友を餞（おく）るの恨（うらみ）　悲愁久し
海浜の沙上　離涙を垂（た）れ
京邑（けいゆう）の街中　積憂を解く
何（いず）れの日か　逢うを期し　旧好（きゅうこう）を温（あたた）めん
遺（わす）るる忽（な）かれ　雁信（がんしん）に香を付す籌（ちゅう）を

晩春別離

送君紅雨到高樓
綠影流鶯去又留
惜晚春情奈蕭瑟
餞朋友恨久悲愁
海濱沙上垂離涙
京邑街中解積憂
何日期逢溫舊好
忽遺雁信付香籌

（七言律詩／尤韻）

紅雨（花の散ること）　蕭瑟（ものさびしいさま）　積憂（積る憂い）　籌（はかりごと）
高楼（たかどの）　悲愁（悲しみ憂える）　旧好（古いなじみ）
流鶯（さまよううぐいす）　京邑（みやこ）　雁信（たより）

ソルヴェイグの歌

冬は逝きて　春過ぎて
夏も巡りて　年経れど
きみが帰りを　ただわれは
誓いしままに　待ちわびる
生きてなお　きみ世にまさば
やがてまた逢う　時や来ん
天つみ国に　ますならば
かしこにわれを　待ちたまえ

（イプセンの戯曲「ペール・ギュント」より）

ソルヴェイグの歌

哀々たる悲曲　情を寓(ぐう)すること長し
遊子は帰らず　思い断腸
冬去り春来り　雁信空(がんしんむな)し
夏は巡り年往き　風霜(ふうそう)に老ゆ
生離は桑海(そうかい)なるも　終(つい)に相見ん
死別は黄泉にて　定めて望みあらん
易卜生(イプセン)の家　今に尚お在り
此の恨み伝え聞きて　永く忘れ難し

（註）「ソルヴェイグの歌」はイプセンの叙事詩にグリーグが曲をつけた「ペールギュント組曲」の終曲。
雁信（手紙、雁の足に手紙を結び付けて送った故事）
桑海（桑田変成海　桑畑がいつしか変わって青海となる。世の中の移り変わりのはげしいたとえ）
寓する（寄せる）
易卜生（イプセン、ノルウェーの劇作家）
風霜（年月、星霜）

蘇爾維格之歌

哀哀悲曲寓情長
遊子不歸思斷腸
冬去春來空雁信
夏巡年往老風霜
生離桑海終相見
死別黄泉定有望
易卜生家今尚在
傳聞此恨永難忘

（七言律詩／陽韻）

二、満天の星そして宇宙に飛びたつ人工の星

彗星再来（すいせいさいらい）す巨大石群遺跡

彗星（すいせい）　誰（だれ）か看（み）ん　渺茫（びょうぼう）の天
声は断（た）つ　古人　芒（ほさき）の燦然（さんぜん）たるを
巨大石群　環列（かんれつ）の野（の）
飛び来たり　一（ひと）たび去って五千年

（註）一九九七年ヘール・ボップ彗星が飛来し日本でも見られた。
　この彗星の五千年前の飛来の記録が巨大石群遺跡で知られるイギリスのストーンヘンジにある。

彗星（ヘール・ボップ彗星）　　芒（彗星の尾）
渺茫（広くはてしないさま）　　燦然（あざやかなさま）

彗星再來巨大石群遺跡

彗星誰看渺茫天
聲斷古人芒燦然
巨大石群環列野
飛來一去五千年
（七言絶句／先韻）

巨大石群遺跡

何人(なにびと)か　何を以(もっ)てか　人知を極める
巨石は示し来(きた)る　天道の規(のり)
已(すで)に閲(けみ)す　星霜五千載(さい)
如今(じょこん)　驚嘆す　智謀(ちぼう)の奇

（註）ストーンヘンジで紀元前三〇〇〇年頃、巨石の配列が夏至の日の出と冬至の日没を指すよう作られているのを見る。

天道の規（天の運行の規則）　五千載（五千年）
閲す（経過する）　智謀（智者のはかりごと）

巨大石群遺跡

何人何以極人知
巨石示來天道規
已閲星霜五千載
如今驚嘆智謀奇

（七言絶句／支韻）

彗星軌道　太陽に向う

彗星光は澹く　僅かに東のかたに望む
万点の五更　一篲長し
知るや否や　命旦夕に存るを
飛翔何ぞ急ぐ　目前に陽

彗星軌道向太陽

彗星光澹僅東望
萬點五更一篲長
知否命存於旦夕
飛翔何急目前陽

（七言絶句／陽韻）

（註）二〇一三年アイソン彗星が現われ、軌道は太陽に向いていた。
（註）転句の「命在於旦夕」命 旦夕にありは成句。

万点（たくさんの星々）　旦夕（朝、夕。事や時が差し迫っていること）
五更（午前四時頃）　陽（太陽）
篲（ほうき）

彗星崩壊（すいせいほうかい）に感有り

彗星出現　興将（きょうまさ）に狂す
金鳥に直進　忽（たちま）ち散亡す
埃卡露斯（イカロス）は嗟（なげ）く　我に似（に）たるを
虚空（きょくう）に幻影　一条の芒（ぼう）

（註）アイソン彗星は太陽に接近し崩壊した。太陽に近づきすぎたイカロスのように。

金鳥（太陽）　芒（ほこさき、ひかり）
虚空（天空）

彗星崩壊有感

彗星出現興將狂
直進金鳥忽散亡
埃卡露斯嗟似我
虚空幻影一條芒

（七言絶句／陽韻）

猟戸座(りょうこ)の一星の爆発予兆(よちょう)に感有り（一）

厳冬(げんとう)に開牖(かいゆう)　昏眸(こんぼう)を注(そそ)ぐ
参宿(さんしゅく)の七珠(しちしゅ)　銀漢(ぎんかん)を周(めぐ)る
緬想(めんそう)す　誰が能(よ)く混沌(こんとん)を纏(まと)めしや
天は長く地は久しくも　滅(ほろ)ぶ時を呈(てい)さん

獵戸座一星爆發予兆有感（一）

嚴冬開牖注昏眸
參宿七珠銀漢周
緬想誰能纏混沌
天長地久滅時呈

（七言絶句／尤韻）

（註）オリオン座の一等星ペテルギウスに超新星爆発に進む兆候が観測される。さそり座のアンタレスにも星の寿命が尽きかかっているという。

猟戸座（オリオン座）　参宿（二十八宿の一つ。オリオン座の三つ星とその付近の星からなる）
開牖（窓を開ける）　銀漢（天の川）
昏眸（眠い目）　纏める（筋道をたてる）
七珠（七星）

猟戸（りょうこ）座の一星の爆発予兆に感有り（二）

銀河鉄道　天涯（てんがい）を旅す

幾歳　何ぞ忘れん　幼少の懐（おもい）

驚殺（きょうさつ）す　一星　消滅（しょうめつ）の兆（きざし）

牌牓（はいぼう）は語らず　賞心（しょうしん）に乖（そむ）くを

（註）幼少のころ読んだ小説「銀河鉄道の夜」に思いをはせる。

天涯（天の果て）

驚殺す（殺は動詞にそえて意味を強める助字）

牌牓（立て看板、転じてマスコミ）

賞心に乖く（景色を愛する風流な心に合わない）

獵戸座一星爆發予兆有感（二）

銀河鐵道旅天涯

幾歳何忘幼少懷

驚殺一星消滅兆

牌牓不語賞心乖

（七言絶句／佳韻）

猟戸座の一星の爆発予兆に感有り㈢

満天の七曜に　曽游を憶う
燦爛たる宝珠　君記すやいなや
未だ識らず　一星消滅の事
老い来たり独り仰げば　暗に愁を生ず

獵戸座一星爆發予兆有感㈢

滿天七曜憶曾游
燦爛寶珠君記不
未識一星消滅事
老來獨仰暗生愁

（七言絶句／尤韻）

七曜（七星）
曽游（かつて遊んだこと）
宝珠（宝とすべき玉、ここでは星のこと）
記す（心にきざむ）

猟戸座の一星の爆発予兆に感有り　(四)

近来　宇宙　研覃を極む
解さんと欲し　東西の書耽るに足る
開牖　忽ち望む　参宿迴かなるを
何ぞ妨げん　神秘　毎宵探るを

近来（近ごろ）
研覃を極む（学問に精を出す）

獵戸座一星爆發予兆有感　(四)

近來宇宙極研覃
欲解東西書足耽
開牖忽望參宿迴
何妨神祕毎宵探

（七言絶句／覃韻）

金星探査機の打上げ (一)

帆船埃号(あいごう)　天涯(てんがい)に向う
恐らくは見ん　地球の青色の姿
宇宙漂揺(ひょうよう)　半年の後
送り来たる風韻　新詞(しんし)に入らん

金星探査機打上 (一)

帆船埃號向天涯
恐見地球青色姿
宇宙漂搖半年後
送來風韻入新詞

(七言絶句／支韻)

(註) 金星探査機「あかつき」をのせて大型ロケットが種子島宇宙センターより打上げられた。宇宙帆船「イカロス」も「あかつき」に相乗りして地球を飛び立った。

帆船埃号 (宇宙帆船イカロス号)　　新詞に入る (情景を新しい詞にとり込む)
風韻 (風の音)

金星探査機の打上げ㈡

航跡は天を衝き　轟音を吐く
恰も祝う遠遊　積陰を開く
具さに見る雄姿　精彩を極む
窓に倚れば　半空に一星沈む

轟音（とどろくような大きな音）　精彩（輝き）
恰も（まるで）　半空（中空）
積陰（長く続いた曇天）　一星（金星をさす）

金星探査機打上㈡

衝天航跡吐轟音
恰祝遠遊開積陰
具見雄姿精彩極
倚窓半空一星沈

（七言絶句／庚韻）

金星探査機の打上げ㈢

街頭暮色（ぼしょく）　長庚（ちょうこう）を望む
天角（てんかく）の光芒（こうぼう）　髫齓（ちょうしん）の情
造物或（ある）いは憂（うれ）えんか　今日の事
飛船四歳　航程（こうてい）漠（ばく）たり

長庚（宵の明星、金星のこと）
天角（天のすみ）
光芒（かがやき、光の先端）

金星探査機打上㈢

街頭暮色望長庚
天角光芒髫齓情
造物或憂今日事
飛船四歳漠航程

（七言絶句／庚韻）

髫齓（七、八歳の子どものこと。髫は子どものたれがみ、齓は歯のぬけかわること）
造物（造物主）
漠たり（うつろではてしない）

黎明に天空の珍事を観る

通宵　月を待つ半空の中
風　頑雲を払えば　造化窮る
厳かに現る　玉弓　太白を乗せて
恰も一帆の玄穹に泛ぶが如し

黎明観天空珍事

通宵待月半空中
風拂頑雲造化窮
嚴現玉弓乘太白
恰如一帆泛玄穹

（七言絶句／東韻）

（註）二〇一五年秋、金星、火星、木星が接近する現象もあったが、十月九日、夜明け前の東の空で、金星が弦月の端に掛るという珍現象が見られた。

半空（空の中ほど）　　玉弓（弦月）
黎明（夜明け）　　太白（金星）
通宵（よもすがら）　　玄穹（暗い空）
頑雲（じゃまな雲）

人工衛星を仰ぎ看る

風刀(ふうとう)の山頂　宿営(しゅくえい)の辺(ほとり)
月落ち清宵　砕玉妍(けん)なり
歴々たる長庚　円蓋(えんがい)に掛り
熒々たる曜魄(ようはく)　中天に在り
何ぞや　神異(しんい)なる虚空の点
応に是(こ)れ　人工の宇宙船なるべし
追遂す妖輝(ようき)　過客(かかく)の如(ごと)し
寒に耐え凝視す　衛星旋(めぐ)るを

（註）アラスカのフェアバンクスの村の山頂で零下二十度の真夜中に空を仰いだ。低空を人工衛星が横切るのが見られた。

仰看人工衛星

風刀山頂宿營邊
月落淸宵碎玉妍
歷歷長庚掛圓蓋
熒熒曜魄在中天
何乎神異虛空點
應是人工宇宙船
追遂妖輝如過客
耐寒凝視衛星旋

（七言律詩／先韻）

風刀（身を切る風）
宿営（宿舎）
清宵（清らかな宵）
砕玉（星）
歴々たり（明らかなさま）
長庚（宵の明星の別称）
円蓋（空のはし）
熒熒たり（輝くさま）
曜魄（北斗星の別称）
妖輝（あやしい光）
神異（人間わざでないこと）
過客（旅人）

又

北辰（ほくしん）　銀漢　満天に熒（かがや）く
不意（ふい）に空を横ぎる人造の形
借問す　昔時の希臘（ギリシャ）の子に
命名　何号とするや　此の新星を

北辰（北極星）　借問す（唐詩の慣用句で、ちょっとお尋ねしたいの意）
銀漢（天の川）　希臘の子（古代ギリシャの羊飼いの少年たち）

又

北辰銀漢満天熒
不意横空人造形
借問昔時希臘子
命名何號此新星
（七言絶句／青韻）

探査機太陽系を脱す

悠々たり　宇宙探査の行(こう)
已(すで)に遠し　冥濛(めいもう)たる九惑星
達するや否(いな)や　地球の巴赫(バッハ)の曲
未知の生命　那辺(なへん)にか聴(き)かん

探査機脱太陽系

悠悠宇宙探査行
已遠冥濛九惑星
達否地球巴赫曲
未知生命那邊聽

（七言絶句／青韻）

（註）二〇一八年、四十二年前に打ち上げられた探査機ボイジャー二号が太陽圏を脱出した。これには地球外生命に人類を紹介するゴールデンレコードが積まれ、バッハの曲も含まれていた。

行（みちのり、行程）
冥濛（うす暗い）

系外天体初飛来

想う曾て　音信に巴赫を付せしを
今聴く　寄星の紫虚を馳るを
識らず　何ぞ来りて又何にか去る
或いは使者の鴻書を運ぶや存らん

系外天體初飛來

想曾音信付巴赫
今聽奇星馳紫虚
不識何來又何去
或存使者運鴻書

（七言絶句／魚韻）

（註）二〇一七年十月、太陽系外からの初の天体が観測され、地球外生命からの先のボイジャー一号に対する返信を運んできたのではないかと言われた。

巴赫（バッハの曲）　　鴻書（手紙）
紫虚（大空）

人工衛星「瞳号(ひとみ)」に寄す

地球を回旋(かいせん)す　人工の星
欺(あざむ)かず　地上の指令の声
星斗(せいと)の誕生　亦た終息(しゅうそく)
必ずや看ん神秘　功成るべし
生憎(あやにく)や何事ぞ　通信止(てい)まる
機体破損　回転の呈(てい)
自ら噴射(ふんしゃ)を試みるも復す能(あた)わず
勤々刻苦(きんきんこっく)　窮孤(きゅうこ)の程(てい)
是れ　爾汝(じじょ)の指令に反すにあらず
因は程序(プログラム)の誤謬(ごびゅう)生ずに有り
天行　常に在り　星座の耀(かがや)き
一(ひと)えに希う　万里瞳中明らかなるを

寄人工衛星瞳號

回旋地球人工星
不欺地上指令聲
星斗誕生亦終息
必看神祕功可成
生憎何事通信止
機体破損回轉呈
自試噴射不能復
勤勤刻苦窮孤程
不是爾汝反指令
因有程序誤謬生
天行常在星座燿
一希萬里瞳中明
（七言古詩／平声庚青通韻）

（註）二〇一六年二月に打ち上げられた「瞳」は通信を断ち機体が破損した。原因はコンピューターの制御プログラムの入力ミスという。
（註）銭起に「唯憐一燈影萬里眼中明」あり。

欺く（いつわる、あざむく）
生憎や（折悪く）
勤々（つとめはげむさま）
刻苦（きびしい困難）
窮孤（困窮してたよる所のない）
爾汝（君。瞳号をさす）
誤謬（あやまり）

隼号惑星「竜宮」に向う

宇宙游行　噴射　全す
竜宮は待ち望む　遠来の船
海媛の迎賓の宴　無しと雖も
玉匣須らく呈さん　謎を解く先を

隼號向惑星龍宮

宇宙游行噴射全
龍宮待望遠來船
雖無海媛迎賓宴
玉匣須呈解謎先

（七言絶句／先韻）

（註）探査機「はやぶさ2号」は小惑星「リュウグウ」に向う軌道に入り、二〇一八年六月に到着した。四十六億年前の太陽系成立の過程が解明されるのではと期待される。

全す（無事）
海媛（おと姫さま）
迎賓の宴（たいやひらめのおもてなし）

玉匣（玉手匣、たまてばこ、採集したサンプル）
先（てびき、さきぶれ）

地球外生命（エイリアン）

驚喜す　系外使者来（きた）ると
地球に接近　忽ち姿を消す
何者ぞ窺伺（きし）す　遠来の客
方（まさ）に是（こ）れ　異星の探査機ならん
宇宙人類　存在の印（しるし）
賛否両論　俄然（がぜん）賑（にぎ）わす
第二の地球　数億存り
進化方向　多様に践（ふ）む
当に見るべし　恐竜の巨大の軀（み）
巨獣　栄えると雖（いえど）も文明無し
時空は遠大にして　人智を越ゆ
時未だし　空しく追う妖星（ようせい）逋（にぐ）るを

地球外生命

驚喜系外使者來
接近地球忽消姿
何者窺伺遠來客
方是異星探査機
宇宙人類存在印
贊否兩論俄然賑
第二地球數億存
進化方向多様踐
當見恐龍巨大軀
巨獸雖榮文明無
時空遠大越人智
時未空追妖星逋
（古詩／平仄平換韻）

（註）二〇一七年十月、太陽系外から初めて飛来したオウムアムア（最初の使者の意）の急に軌道を変えたなぞの加速から、これはあるいは宇宙文明が送った探査機ではないかと言う天文学者も出た。

窺伺（うがち見る）
践む（並ぶ）
時空（宇宙）
人智（人のちえ）
妖星（あやしい星）
逋る（逃げる）

三、数学のある情景

方程を解く

寒灯に孤座して　方程（ほうてい）に対す
実解（じっかい）の有無（うむ）　証明難（かた）し
開牖（かいゆう）　天を仰げば　星漢麗（せいかんうるわ）し
忽（たちま）ち知る　侵暁（しんぎょう）　一根生ずるを

方程（方程式）　実解（実数の解）
開牖（窓を開ける）　星漢（天の河）
侵暁（あけがた）　一根生ず（解が一個見つかる）

解方程

寒燈孤座對方程
實解有無難證明
開牖仰天星漢麗
忽知侵曉一根生

（七言絶句／庚韻）

書窓の弦月

原書耽読（たんどく）　夜深き時
蕭寂（しょうせき）たる書窓　弦月窺（うかが）う
我を遥天（ようてん）に誘（いざな）う　情一片
星辰已（せいしんすで）に澹（あわ）く　独り顎（あご）を支（ささ）う

耽読（書物を読みふける）
蕭寂（淋しくひっそりしていること）
弦月（弓なりの月）

遙天（はるかな遠い空）
星辰（星）
顎を支う（頬づえをつく）

書窓弦月

原書耽讀夜深時
蕭寂書窓弦月窺
誘我遙天情一片
星辰已澹獨支顎

（七言絶句／支韻）

夜窓霜威

梧葉(ごよう)風を招(まね)き　揺落(ようらく)の音
残蛩(ざんきょう)何(いず)れの処(ところ)ぞ　哀吟(あいぎん)有り
書を繙(ひもと)き　刻(とき)を忘るる青灯(せいとう)の下(もと)
半夜(はんや)の玻窓(はそう)　霜気(そうき)侵(おか)す

夜窓霜威

梧葉招風搖落音
殘蛩何處有哀吟
繙書忘刻靑燈下
半夜玻窓霜氣侵
（七言絶句／侵韻）

霜威（霜が降りて寒さがきびしいこと）
梧葉（青桐の葉）
残蛩（生き残りのこおろぎ）
玻窓（ガラス窓）
半夜（夜中）
侵す（次第に入りこむ）

自然数考

我曹(がそう)　数を知り　万年余
今日　猶(な)お歎ず　算法の疎(そ)なるを
一、二、三は成す無限大
人生有限　豈(あ)に虚と為(な)さんや

（註）転句はガモフ著「一、二、三、…無限大」による。
我曹（自分たちの仲間）　虚（むなしい、空虚）
疎（おおまか）

自然數考

我曹知數萬年餘
今日猶歎算法疎
一二三成無限大
人生有限豈爲虚

（七言絶句／魚韻）

虚数考

倫(みち)を超す慧智(えいち)　大功成り
相対論　更に遍(あまね)く名を得る
虚数時間　人世の外
説き来たる反転　詩情を動かす

（註）空間内では自在に往来できるが、時間は過去から未来への一方通行である。この不統一は虚時間の世界では一掃される。ホーキンス博士は、「我々が現在生きているこの時間こそが虚数ではないか」と言っている。もしそうだとすると、過去、未来が反転し、どんな現象が現れるだろうか。

虚數考

超倫慧智大功成
相對論更遍得名
虚數時間人世外
説來反轉動詩情

（七言絶句／庚韻）

倫（道理）
慧智（するどい頭のはたらき）
人世（世間、世の中）
反転（方向を変える）

虚数時間

誰(だれ)か経(ふ)らん　奇異(きい)なる虚の時刻
聞く道(なら)く　論ずるに堪えたり火玉(ビックバン)の前
説き得たり　時空創始の謎
応に知るべし　数学の功無辺なるを

（註）虚時間の存在はわからないが、この概念を導入するとビック・バンの前、無からの宇宙創成の理論が展開される（インフレーション宇宙論）。これは数学概念の功績で、人間の知の世界が大きく広がる。

奇異（常識と違うめずらしいこと）　無辺（数限りない）
聞く道く（聞くところによれば）

虚數時間

誰經奇異虚時刻
聞道堪論火玉前
説得時空創始謎
應知數學功無邊

（七言絶句／先韻）

宇宙往還の牽牛花

丹精の鉢植　未だ萌芽せず
秘計す　何(いず)れが先か　実又は花
宇宙往還　怪異を呈さん
時間の反転　予言嘩(かまびす)し

宇宙往還牽牛花

丹精鉢植未萌芽
秘計何先実又花
宇宙往還呈怪異
時間反転予言嘩

（七言絶句／麻韻）

（註）宇宙往還の朝顔の子孫の種子を、どんな宇宙のダメージがあるかと思い播いた。
（註）ホーキング博士は宇宙が収縮を始めたら、時間の矢は反転し、過去に向って生きることになると一時主張していた。ならば生まれる前に死に次第に若返っていくということか。

秘計（ふしぎなはかりごと）

大英図書館閲覧

幾何(きか)の秘籍(ひせき)　久しく相求め
陳篇閲(ちんぺんけみ)せんと欲し　万里に遊ぶ
塗蠟(とろう)の表皮に　先ず指を触(ふ)れ
敷文(ふぶん)の版画(はんが)に　転(うた)た眸(ひとみ)を凝(こ)らす
宗師(そうし)の研究　諸派を束(たば)ね
高弟の解明　古流を連(つら)ねる
墳典(ふんてん)の散亡　沈痛する処(ところ)
公理を反芻(はんすう)し　此(ここ)に淹流(えんりゅう)す

（註）幾何の秘籍は欧幾里得(ユークリッド)の『幾何学原論』。

大英圖書館閲覽

幾何祕籍久相求
欲閲陳篇萬里遊
塗蠟表皮先觸指
敷文版畫轉凝眸
宗師研究束諸派
高弟解明連古流
墳典散亡沈痛處
反芻公理此淹留

（七言律詩／尤韻）

- 秘籍（めずらしい書物）
- 陳篇（古書）
- 塗蠟（蠟引き）
- 敷文（文の印刷してある紙面）
- 宗師（ユークリッドをさす）
- 墳典（伝説上の古書『三墳五典』の略。転じて古典のこと）
- 反芻（経験したことをくり返し味わう）
- 淹留（久しく留まる）

逍遥の岸　羅素卿（ラッセル）を懐う

泰河の堤畔　人の行くこと少なし
往昔　沈思して杖を引く卿
若くして記号を覈（しら）べ　大著を刊（あらわ）し
老いて反戦を持し　余生を寄す
理論の探索　艱難極（かんなんきわ）まり
実践の方途　辛苦横たわる
日暮の水辺　青霞淡く
四囲　透納（ターナー）の画趣を呈す

逍遙岸懷羅素卿

泰河堤畔少人行
往昔沈思引杖卿
若覈記號刊大著
老持反戰寄餘生
理論探索艱難極
實踐方途辛苦横
日暮水邊青霞淡
四圍透納畫趣呈

（七言律詩／庚韻）

記号（記号論理学の略）
方途（てだて）
青霞（青いもや）
透納（イギリスの画家ターナー）
四囲（四方）

（註）バートランド・ラッセルは記号論理学の大著「プリンキピア・マテマティカ」をホワイト・ヘッドと著した。晩年はベトナム戦争への反対行動もとった。

羅卿　図書館の悪夢

名著を成して後　杞憂生じ
牀上頻々と　悪夢縈る
選択する司書に　判読難く
把持する内行に　風評苦し
所詮　反覆する文字の列
畢竟　無為なる重量の衡
取捨の仕分　非定の処
覚醒して猶お恐れる　自論傾くを

羅卿圖書館惡夢

成名著後杞憂生
牀上頻頻惡夢縈
選擇司書難判讀
把持内行苦風評
所詮反覆文字列
畢竟無爲重量衡
取捨仕分非定處
覺醒猶恐自論傾

（七言律詩／庚韻）

羅卿（羅素卿の略）
杞憂（無用の心配）
把持する（手にもつ、独占する）
内行（専門家）
衡（はかり）
重量の衡（重さではかること）
非定（定まらないこと）

（註）ラッセルは「プリンキピア・マテマティカ」の数学理論の根底がくずれるのを恐れていた。ある日、二〇〇年後に、この本の残った最後の一冊を図書館の司書がごみ箱に捨てる悪夢を見たという話。

数学的無限

無限への願望　古今伝う
詩人　画家　幽玄に遊ぶ
誰の作ぞ　寓話(ぐうわ)　巴別(バベル)の塔
耶蘇(やそ)の聖堂　天に上(のぼ)らんと欲す
希臘(ギリシャ)の賢者　逆理(ぎゃくり)を提(てい)す
模索の時空　解する能はずも
近代数学　開花に到れば
想い得たり　無限　手中に在るを
無限の階層　新たに栄を為(な)す
現代の鬼才　鴻名(こうめい)を勒(ろく)せば
論証　竟(つい)に及ぶ公理系
千古の概念　震驚(しんきょう)に値(あた)う

數學的無限

無限願望古今傳
詩人畫家遊幽玄
誰作寓話巴別塔
耶蘇聖堂欲上天
希臘賢者提逆理
模索時空不能解
近代數學到開花
想得無限手中在
無限階層新爲榮
現代鬼才勒鴻名
論證竟及公理系
千古概念値震驚
（七言古詩／換韻格、先韻、上声蟹韻、庚韻）

（註）希臘賢者＝ツェノン
現代鬼才＝カントル、ゲーテル、コーエン。
勒す（おさめる）
鴻名（大きな名誉）
震驚（震え驚く）

芝諾（ツェノン）の逆理

声誉（せいよ）断続　今に至りて遺（のこ）る
逆理の提要（ていよう）　何ぞ欺（あざむ）くを得（え）ん
奇（く）しくも曰（い）う　飛弓　線を越える無く
亦（ま）た宣（の）ぶ　脱兎　亀を凌（しの）ぐ莫（な）しと
衆人一笑　無稽（むけい）と見るも
知士（ちし）三思　有理かと疑う
論証（ろんしょう）の起源　当（まさ）に此（ここ）に在るべし
深懐（しんかい）す　不朽（ふきゅう）の鬼才の辞

（註）ツェノン（BC四世紀）は連続、無限に関する四つの逆理（パラドックス）を提唱。その中の二つが「飛ぶ矢は静止している」「アキレスは亀に追いつけない」。現代数学の論証の基となったと言われる。

芝諾逆理

聲譽斷續至今遺
逆理提要何得欺
奇曰飛弓無越線
亦宣脱兎莫凌龜
衆人一笑無稽見
知士三思有理疑
論證起源當在此
深懷不朽鬼才辭

（七言律詩／文韻）

声誉（ほまれ、よい評判）
提要（要領を示す）
逆理（パラドックス）
無稽（よりどころがない）
衆人（多くの人）
知士（知識のある人）
有理（理にかなう）
論証（証明）

未来の科学者に寄す

花を訪ね蝶を追う　野遊(やゆう)の児
幾歳蛍窓(けいそう)　百巻の支え
遠く望む群星　永劫(えいごう)を思い
初めて聴く虚数(きょすう)　新詞(しんし)に入る
英知欠くる有れば　詩人罔(くら)し
情緒無き時　学者危(あや)うし
孔聖(こうせい)の至言　窮理(きゅうり)の戒(いましめ)
森羅万象　是れ　君が師

寄未來之科學者

訪花追蝶野遊兒
幾歳螢窓百巻支
遠望群星思永劫
初聽虛數入新詞
英知有缺詩人罔
情諸無時學者危
孔聖至言窮理戒
森羅萬象是君師
（七言律詩／支韻）

蛍窓（苦学すること）
永劫（きわめて長い時間）
罔い（おろか）
孔聖（孔子の尊称）
窮理（物事の道理を推しきわめること）

（註）孔聖至言「学而不思則罔　思而不学則殆」。
物事を学んでも自分でそれについて深く考えなければ本当の理解には到達せず、物事を考えるだけで、それについて深く学ばなければ独断に陥って危険である。

重力波報道の夜

寒気窓を閉(と)ざす　雨水(うすい)の昏(こん)
電視(でんし)に俄然(がぜん)　快挙は伝わる
重力の微波　方(まさ)に捕(と)らえ得(え)たり
観測　連歳(れんさい)　喜歓に到る
十三億年　走破(そうは)の事
時空歪曲(わいきょく)して　伝播(でんぱ)滞(とどこお)る
鬼才の宿願　成就の時
応に解すべし　宇宙誕生の態
今宵　魄(はく)動き　空庭に立ち
仰視す昴参(ぼうさん)　彼の小星
昨今　同じと雖(いえど)も別様に輝(かがや)く
構思す黒洞(ブラックホール)　何ぞ停(とど)まらざらん

重力波報道夜

寒氣閉窓雨水昏
電視俄然快擧傳
重力微波方得捕
觀測連歳到喜歡
十三億年走破事
時空歪曲傳播滯
鬼才宿願成就時
應解宇宙誕生態
今宵魄動立空庭
仰視昴參彼小星
昨今雖同別様輝
構思黑洞何不停
（七言古詩／平聲先韻、去聲霽隊通韻、平聲青蒸通韻）

（註）二〇一六年二月、アインシュタインの「最後の宿題」と言われた重力波が捕らえられた。

雨水（二十四気の一つ。陽暦二月中旬）
電視（テレビ）
昴参（すばると三星）

四、回想「美しい季節」を詠む

能古島（のこのしま）に在りて露営（キャンプ）す

怒濤（どとう）　岸を洗う　天涯にあり
踏舞（とうぶ）　謳歌（おうか）　響（ひび）き得（え）て奇（き）なり
日落つれば　心を焦（こ）がす露営（ろえい）の火
終宵の熱血　我曹（がそう）の時

在能古島露營

怒濤洗岸在天涯
踏舞謳歌響得奇
日落焦心露營火
終宵熱血我曹時

（七言絶句／支韻）

（註）能古島は故郷の博多湾に浮ぶ島。

怒濤（さかまく荒波）　謳歌（大勢で声をそろえて歌う）
踏舞（舞踏に同じ。舞い踊る）　我曹（自分たちの仲間）

庭球部の朋友を懐かしむ

序庠畢業して　幾たびか春を迎う
地を馳す豪球　気は旻に迫る
汗滴る紅顔　斜日の下
侶儔　学舎　旧懐頻りなり

（註）九大の松原テニスコート。ここに集い青春の一時期を共にした懐かしい硬式庭球部の友たち。

序庠（庠序に同じ、学校）　旻（天）
畢業（卒業）　侶儔（友だち）

懐庭球部朋友

序庠畢業幾迎春
馳地豪球氣迫旻
汗滴紅顔斜日下
侶儔學舎舊懐頻

（七言絶句／眞韻）

霧島山系縦走

入山三日　登調重く
韓国（からくに）の山煙　雲路遥か
前途遮翳（しゃえい）す　山白竹
声無く登頂　山腰に急ぐ

霧島山系縦走

入山三日重登調
韓國山煙雲路遙
前途遮翳山白竹
無聲登頂急山腰

（七言絶句／蕭韻）

（註）宮崎県と鹿児島県にまたがる霧島山系の高千穂峰、中岳、新燃岳、韓国岳を縦走した。韓国岳では背丈を越えるくま笹に行く手をふさがれ、迷い、難儀した。

登調（何人かが一緒に登るときの足運び）　遮翳（おおいさえぎって暗くする）
韓国（韓国岳のこと）　山白竹（くま笹）
雲路遙か（山に登る道が遠い）　山腰（山のふもと）

卒業離郷の時

柳絮　郷音　離別の駅
遽然と脳裏　壁光の辰
時に及んで当に顧うべし青雲の志
轣轆　鉄輪　故人を分つ

柳絮（柳のわた、晩春のころ綿のように乱れ飛ぶ）
遽然（にわかなさま）
壁光（苦学すること）
轣轆（車のきしる音）
故人（昔なじみ）

卒業離郷時

柳絮郷音離別驛
遽然腦裏壁光辰
及時當顧靑雲志
轣轆鐵輪分故人

（七言絶句／眞韻）

郷を離れる日

晩春　留別（りゅうべつ）　站頭寥（てんとうじゃく）たり
赴任（ふにん）の新都　一路遥（はる）か
窓外　停まる無き　山水の景
看る看る故里　渺茫（びょうぼう）の霄（しょう）

留別（離別を惜しむ）　渺茫（遠くかすかなさま）
站（駅）　霄（空）

離郷日

晩春留別站頭寥
赴任新都一路遙
窓外無停山水景
看看故里渺茫霄

（七言絶句／蕭韻）

晩春の別離

津頭　手を握り黙して言を忘れ
啼鳥　残花　別魂を慰む
懐顧するも　已に虚し年少の志
何れの時にか相語らん　序庠の門

津頭（渡し場、またそのほとり）
別魂（別離の情）
懐顧（昔をなつかしみふり返る）
序庠（庠序に同じ、学校）

晩春別離

津頭握手黙忘言
啼鳥殘花慰別魂
懷顧已虛年少志
何時相語序庠門

（七言絶句／元韻）

別離の春

晩春須らく惜しむべし　落花忙し
此の季　人も同じ　別れ傷むべし
柳枝を折り来たりて　再会を期す
何れの年か　迎うるを得て家郷に入らん

（註）折柳は、人を見送って別れること。漢代、長安の都を立つ人を見送るとき、柳の枝を折って別れた故事による。
須らく惜しむべし（惜しむことが大切である）
季（季節）

別離之春

晩春須惜落花忙
此季人同別可傷
折柳枝來期再會
何年迎得入家郷

（七言絶句／陽韻）

「春の雪」に感有り（一）

飛花に路絶（た）ゆ　古坊（こぼう）の辺（ほとり）
一瞥（いちべつ）は成らず　門跡（もんぜき）虔（かた）し
時に響く　絃を断つ幽寂の韻
逢わずの約誓　欷歔（ききょ）して伝う

（註）三島由紀夫の「豊穣の海」第一巻「春の雪」を読み返す。

感有春雪（一）

飛花路絶古坊邊
一瞥不成門跡虔
時響斷絃幽寂韻
弗逢約誓欷歔傳

（七言絶句／先韻）

飛花（雪）
古坊（古い僧の住居）
門跡（月修寺の僧をさす）
虔し（ゆるみがない、心や態度がゆるがない）
弗（不に同じ）
欷歔（すすりなき）
絃を断つ（とだえた琴の音。ひどい哀しみ）
約誓（ちかい）

「春の雪」に感有り（二）

早春の淡雪　念端無し(おもいはしな)
帯解(おびとけ)も斯(か)くや存りなん　冽寒に耐う
公子鬼才　脳裏に蘇(よみがえ)る
畢生(ひっせい)の悲恋　尼院を撼(ゆるが)す

帯解（奈良にある実在の地名）
公子（「春雪」の主人公清顕をさす、侯爵家の嫡子）
畢生（一生涯）
鬼才（三島由紀夫をさす）
尼院（小説の月修寺）

感有春雪（二）

早春淡雪念無端
帯解斯存耐冽寒
公子鬼才蘇脳裏
畢生悲戀撼尼院

（七言絶句／寒韻）

万神殿(パンテオン)に二学者の柩(ひつぎ)を見る

学生街尽き　中堂に到る
論敵　対して横たう埋葬場
哲理修め難く　双(ふた)つの命短し
英知継ぐや否や　白眉長し

万神殿見二學者柩

學生街盡到中堂
論敵對横埋葬場
哲理難修雙命短
英知繼否白眉長

（七言絶句／陽韻）

（註）パリの学生街カルチェラタンに遊ぶ。パンテオンの地下には、かつての論敵ルソーとヴォルテールが並んで埋葬されている。

哲理（哲学）　白眉（衆人の中で最もすぐれた人物）

剣橋(ケンブリッジ)の浅流(せんりゅう)に軽橈(けいとう)を泛(うか)ぶ

街に傍(そ)う清瀬に軽橈(けいとう)を泛(うか)ぶ
緑柳　風は梳(くしけず)り　碧霄(へきしょう)に映ず
瓊殿(けいでん)亭々として　中世の景
香車奕々(えきえき)として　即今(じょこん)の標(しるし)
林中の学士　懸頭(けんとう)の舎
江上の宗師　嘆息の橋
棹(さお)を転ずる涯塘(がいとう)　回首する処
青春の残影　水紋(すいもん)に揺(ゆ)らぐ

剣橋淺流泛輕橈

傍街清瀬泛輕橈
綠柳風梳映碧霄
瓊殿亭亭中世景
香車奕奕卽今標
林中學子懸頭舎
江上宗師嘆息橋
轉棹涯塘回首處
青春殘影水紋搖
（七言律詩／蕭韻）

（註）懸頭は漢の孫敬の故事により学問にはげむこと。
軽橈（パント舟）
清瀬（ケム川）
瓊殿（レンガの建物）
亭々として（高くそびえるさま）
奕々として（美しいさま）
学士（学問をする人）
宗師（師匠）
涯塘（岸辺）

「一九一四年夏」の地に過る（よぎる）

暗雲国を覆う（おおう）　動員の前
反戦の企図（きと）　凡て（すべて）惘然（ぼうぜん）たりしを
革命既に（すでに）萌し（きざし）　故里を離れ
檄文（げきぶん）未だ撒かず（まかず）　蒼天に散る
往年頻り（しきり）に慕いし　他（か）の芳策
今日独り懐う（おもう）　吾が瓦全（がぜん）
百歳の星霜　終に（ついに）底事（なにごと）ぞ
惟（ただ）看る（みる）老樹　廃園に鮮やかなるを

（註）わが青春の愛読書『チボー家の人々』の「美しい季節」「一九一四年夏」のゆかりの地メゾンラフィットを訪れる。

過一九一四年夏之地

暗雲覆國動員前
反戰企圖凡惘然
革命旣萌離故里
檄文未撒散蒼天
往年頻慕他芳策
今日獨懷吾瓦全
百歳星霜終底事
惟看老樹廢園鮮

（七言律詩／先韻）

企図（企画）
惘然（がっかりしてぼんやりしているさま）
檄文（ここでは反戦のビラ）
瓦全（何も役にたたないでむだに生き残る）
底事（なぜ、何事）
廃園（主のいないすたれた園）

甜睡の夢

叢花　落ち尽くし　暮寒侵す
甜睡　今宵　夢裏に尋ぬ
故里の駅頭　汽笛長く
霜に耐う孤樹　別愁深し

甜睡（うっとりと心地よいねむり）
叢花（むらがり咲く花）
暮寒（夕ぐれの寒さ）
侵す（次第に入りこむ）
夢裏（夢のうち）
故里（故郷）
別愁（別れのうれい）

甜睡夢

叢花落盡暮寒侵
甜睡今宵夢裏尋
故里驛頭長汽笛
耐霜孤樹別愁深

（七言絶句／侵韻）

連翹（れんぎょう）の花に寄（よ）す

可憐（かれん）なり　路畔（ろはん）　黄花発（さ）く
相見れば　清妍（せいけん）　春色誇（ほこ）るも
已（すで）に識（し）る此（こ）の華（はな）　結実無きを
期過ぎて自ら覚ゆ興将（きょうまさ）に賖（はる）かならんとす

（註）連翹は、中国原産のもくせい科の低木で、花は咲くが実がならないと言われる。
清妍（けがれなく美しいこと）
賖か（遠のく）

寄連翹花

可憐路畔發黃花
相見清研春色誇
已識此華無結實
期過自覺興將賖
（七言絶句／麻韻）

萱草(けんそう)に寄す

偶(たまたま)　看る蠹蝕(としょく)の彩雲の箋(せん)
回想す青春　思い纏(まと)わんと欲す
奈(いかん)ともする無し　離愁乱るること緒の如し
今宵胸裏に　萱を抱きて眠らん

（註）萱草は忘憂草ともいい、この草を抱いて眠ると憂いを忘れると言われる。

萱草（わすれなぐさ）
彩雲箋（美しい手紙、他人の手紙の尊称）
蠹蝕（虫が食う、むしばむ）

寄萱草

偶看蠹蝕彩雲箋
回想青春思欲纏
無奈離愁亂如緒
今宵胸裏抱萱眠

（七言絶句／先韻）

青春回顧

離情切々　幾年か周（めぐ）り
脳裏（のうり）時に甦る　万畳（ばんじょう）の憂（うれい）
山色模糊（もこ）として　将（まさ）に雪（ゆきふ）らんとする夕
寒灯密（ひそ）かに照らす　我曹（がそう）の猷（みち）

万畳（幾えにも重なる）　我曹（私たち）
模糊（ぼんやりしたさま）　猷（道）

靑春回顧

離情切切幾年周
腦裏時甦萬疊憂
山色模糊將雪夕
寒燈密照我曹猷

（七言絶句／尤韻）

五、旅に詠む

塞納河有感（一）

大河浩蕩として　画橋横たわる
遊子欄に憑れば　思考縈る
江樹　影は浮ぶ　青緑の水
深宵　耳を側つ　逝川の声

浩蕩（広く大きいさま）
画橋（美しい橋）
江樹（川岸の樹木）
遊子（家を離れて他郷にある人）
逝川（流れ去っていく川の水）

塞納河有感（一）

大河浩蕩畫橋横
遊子憑欄思考縈
江樹影浮青綠水
深宵側耳逝川聲

（七言絶句／庚韻）

塞納河有感(二)

巴黎の佳境　一川流る
枯葉漂揺　去りて留まらず
詩客　幾たびか吟ず　歳月深し
素懐　今夕　悲秋に賦さん

佳境(景色のよい所)
漂揺(ただよい揺れる)
素懐(日ごろ心に思っていること)

詩客(詩人)
賦す(心に感じたことを詩にする)

塞納河有感(二)

巴黎佳境一川流
枯葉漂搖去不留
詩客幾吟深歳月
素懐今夕賦悲秋

(七言絶句/尤韻)

画家の街殉教者(モンマルトル)の丘に遊ぶ (一)

丘上に登高すれば　画架の場
白楼　緑樹　輝光を帯びる
丹青写し得たり　濃淡の影
何(いず)れの日か　之を看ん　美の殿堂に

画架（絵をのせる台。転じて画家）　丹青（彩色画）
白楼（白い建物）　美殿堂（美術館）

遊畫家街殉敎者丘 (一)

丘上登高畫架場
白樓綠樹帶輝光
丹靑得寫濃淡影
何日看之美殿堂

（七言絶句／陽韻）

画家の街殉教者の丘に遊ぶ　(二)

洋梧桐の陰　蒼穹少なく
街巷　丹青　白を加えて工なり
画像　言無く却って言夥し
知り得たり此の興　今に至りて同じ

蒼穹（青い空）　画像（肖像画）
街巷（まち）　興（たのしみ）
丹青（彩色画）

遊畫家街殉教者丘　(二)

洋梧桐陰少蒼穹
街巷丹青加白工
畫像言無却言夥
得知此興至今同

（七言絶句／東韻）

画家の街殉教者の丘（モンマルトル）に遊ぶ　㈢

酒旗（しゅき）　画布　相迎えるに似たり
年少　丘頭に　彩筆（さいひつ）を争う
風趣（ふうしゅ）　或いは知らん　塞尚（セザンヌ）を超えるを
衆人　駱駅（らくえき）　歓情を縦（ほしいまま）にす

酒旗（酒屋の看板に立てる旗）
彩筆（色どりをつける筆）
風趣（風雅なおもむき）
塞尚（印象派の画家セザンヌ）
駱駅（人や車馬の往来が絶えないさま、絡駅とも）

遊畫家街殉敎者丘　㈢

酒旗畫布似相迎
年少丘頭彩筆爭
風趣或知超塞尙
衆人駱驛縱歡情

（七言絶句／庚韻）

雷諾阿(ルノアール)　舞踏場を描く

何を思うや　今在る二つの風車
淑女　狐腋(こえき)の奢(しゃ)の成るを争う
描き得たり遊歓　舞場の景
経年　正に是(こ)れ　画廊の華(はな)

雷諾阿描舞踏場

思何今在二風車
淑女争成狐腋奢
描得遊歡舞場景
經年正是畫廊華

（七言絶句／麻韻）

（註）ルノアールの名作「ムーラン・ド・ラ・ギャレットの舞踏場」をオルセー美術館に見る。モンマルトルは画家の街となる以前、粉挽きにつかわれる風車（ムーラン）があり、その後ダンスホールができ、社交場となった。

狐腋（狐の毛の衣）
奢（ぜいたく、おごり）

少女の絵を画廊に観賞す

何故(なにゆえ)ぞ　漣に浮ぶ窈窕(ようちょう)たる娘
流萍(りゅうひょう)　枯葦(こい)　寂寥(せきりょう)の郷
生けるが如き花貌(かぼう)　至歓の趣(おもむき)
一幅の丹青　画廊に輝く

（註）「ハムレット」のオフィーリアを描いたミレーの「オフィーリア」の絵をロンドンのテートギャラリーで見る。

漣（さざなみ）　至歓（この上ない喜び）
窈窕（奥ゆかしい）　丹青（彩色絵）
流萍（流れる浮草）

觀賞少女繪於畫廊

何故浮漣窈窕娘
流萍枯葦寂寥鄉
如生花貌至歡趣
一幅丹靑輝畫廊

（七言絶句／陽韻）

古城を訪う（是れ沙翁劇演じられし処）

海辺の崖上　古城の傍ら
曽て演ず　亡霊現出の場
役者綿々激越成れば
衆賓処々軒昂に至る
当時の人去るも　花欠くなく
往昔の牆崩れるも　草に芳あり
歩径の苔衣　踪跡少なく
遠く聞く天籟　北洋の香

（註）スコットランドのダノター城。ここではシェークスピアの
ハムレットの劇が演じられた。

訪古城　是沙翁劇所演處

海邊崖上古城傍
曾演亡靈現出場
役者綿綿成激越
衆賓處處至軒昂
當時人去花無缺
往昔牆崩草有芳
歩徑苔衣踪跡少
遠聞天籟北洋香

（七言律詩／陽韻）

沙翁（シェークスピア）
激越（音声が高く激しいこと）
衆賓（多くの客）
軒昂（意気込みや勢力がさかんなこと）
踪跡（足あと）
天籟（風の吹き通る音）
苔衣（こけ）
牆（かきね）

漢姆雷特（ハムレット）の劇

父王の霊魄（れいはく）　西方に現（あらわ）る
役者の台詞　逾（いよいよ）激昂（げきこう）す
我　復讐を遂げ　仇（かたき）と共に死なん
綿々たる苦悶　狂を妨げず

霊魄（霊魂に同じ）
激昂す（感情が高ぶる）
綿々（長く続いて絶えないさま）

漢姆雷特劇

父王靈魄現西方
役者臺詞逾激昂
我遂復讐仇共死
綿綿苦悶不妨狂

（七言絶句／陽韻）

約克夏に小説「嵐が丘」の郷を訪う（一）

曽て思う此地　佳游を縦にせんとす
風　頑雲を払えば　雨　乍ち収まる
一望す　紫葩　繍毯の如し
稗官　我をして新愁を促しむ

（註）小説「嵐が丘」の地ヨークシャーのハワーズを訪ねる。
佳游（良い旅）　紫葩（紫の花、ヒース）
頑雲（悪い雲）　稗官（小説家）

訪約克夏小說嵐丘鄕（一）

曾思此地縱佳游
風拂頑雲雨乍收
一望紫葩如繡毯
稗官使我促新愁

（七言絶句／尤韻）

約克夏（ヨークシャー）に小説「嵐が丘」の郷を訪（おとな）う㈡

夏時の荒野に　寒天を恋う
見んと欲す　断崖に飆（ひょう）の惨然たるを
茲（ここ）に想う　復讐憎愛（ぞうあい）の果（はて）を
雲は消え　徐（おもむ）ろに現る　紫茵（しいん）鮮やかなり

恋寒天（冬景色を見たいを思う）　紫茵（紫のしとね、ヒースの野）
飆（激しい風）　憎愛（愛憎に同じ）

訪約克夏小說嵐丘郷㈡

夏時荒野戀寒天
欲見斷崖飆慘然
茲想復讐憎愛果
雲消徐現紫茵鮮

（七言絶句／先韻）

約克夏(ヨークシャー)に小説「嵐が丘」の郷を訪(おとな)う㈢

狂風の荒地　天に接して遥かなり
緬想(めんそう)す　倶(とも)に遊ぶ童子の謡(うた)うを
現世に何をか希(のぞ)まん　玉埋(う)めし後
霊魂の追慕　永(とこしえ)に消える無し

緬想す（遠方の人を遥かに思いやる）
埋玉後（大事な人を失った後）
霊魂（たましい）

訪約克夏小説嵐丘郷㈢

狂風荒地接天遙
緬想倶遊童子謠
現世何希埋玉後
靈魂追慕永無消

（七言絶句／蕭韻）

約克夏（ヨークシャー）に小説「嵐が丘」の郷を訪（おとな）う㈣

尋（たず）ね来たる荒野　始めて知る時
肯（うべな）うに堪（た）えたり　野人狂怪の辞（じ）
彼岸（ひがん）に君は在り　吾は此岸（しがん）
亡霊の情念　復（ま）た奚（なん）ぞ疑わんと

野人、吾（ヒースクリフトを指す）
狂怪（奇怪な）
彼岸（仏教でいう涅槃の世界、向こう側、死後の世界）

訪約克夏小説嵐丘郷㈣

尋來荒野始知時
堪肯野人狂怪辭
彼岸君在吾此岸
亡靈情念復奚疑

（七言絶句／支韻）

此岸（現世）
君（キャサリンを指す）
奚疑（疑わない（反語））

蘇英の古戦場を訪(おとな)う

墓標点在す　紫葩(しは)の傍(かたわら)
両陣の旗揺れ　客転(うたた)傷む
鉄騎の英軍　痩土(そうど)を攻め
斧鎌(ふれん)の蘇隊　家郷を護る
虎臣(こしん)の喊(かん)の響き　天地に空しく
潰卒の鳴号(めいごう)　戦場に悲し
魂魄牢籠(こんぱくろうろう)　猶(な)お惨淡たり
鬼神宙に迷い　哭声(こくせい)長し

（註）スコットランドのインヴァネスの近くにあるカローデン・ムーアを訪ねる。
ここはスコットランドとイングランドの最後の戦ジャコバイトの乱の戦場となったところで、今もその戦いの両陣を示す赤旗と白旗がかかげられている。

訪蘇英古戰場

墓標點在紫葩傍
兩陣旗搖客轉傷
鐵騎英軍攻瘦土
斧鎌蘇隊護家鄉
虎臣喊響空天地
潰卒鳴號悲戰場
魂魄牢籠猶慘淡
鬼神迷宙哭聲長

（七言律詩／陽韻）

（註）魂魄牢籠…魂は精神、魄は肉体をそれぞれ司る。両者は死後分離するが、不幸な死によりひとまとめになって結ばれていること。
蘇英（スコットランドとイングランド）
鉄騎（鉄の鎧甲騎馬）
痩土（やせた土地）
虎臣（たけき家来）
喊響（勇みたってあげる声のひびき）
潰卒（やぶれた兵士）
鬼神（死者の霊魂）

又

二旗の両陣　正に相望む
遠く憶う　蘇兵　戦場に斃（たお）れるを
聞くや否や　高原に哀悼の調べ
幻影消える無し　更に傷むに堪う

両陣（イングランド陣営とスコットランド陣営）
蘇兵（ハイランドの兵士）
幻影（「空に浮かぶ千人の兵士」の伝説）

又

二旗兩陣正相望
遠憶蘇兵斃戰場
聞否高原哀悼調
無消幻影更堪傷

（七言絶句／陽韻）

「空に漂う千人の兵士」の伝説に感有り

英軍夜襲し　蘇軍を突く
飛将逃亡　勢い已に分かつ
格子縞の屍　四野に哀れ
応に知るべし　兵の怨　半空に聞くを

（註）カローデン・ムーアの戦いに散ったハイランドの兵士の幻影が空に漂うという、「空に浮ぶ千人の兵士」の伝説。

蘇軍（スコットランド軍）　格子縞（タータンチェック）
飛将（すぐれた大将。スチュアート家のプリンス）　半空（空の中ほど）

漂空千人兵士傳説有感

英軍夜襲突蘇軍
飛將逃亡勢已分
格子縞屍哀四野
應知兵怨半空聞

（七言絶句／文韻）

捕虜の兵恋人に歌を寄す

伏屍(ふくし)の荒野　素琴残り
捕虜の民兵　月下に弾ず
我が径(みち)は昏々(こんこん)として冥界に到り
君の途(みち)は燦々(さんさん)として雲端に入る
幼時峻谷　草叢(そうそう)の戯(たわむれ)
芳歳澄湖　花圃(かほ)の歓
幽明隔つと雖(いえど)も情念は一なり
先に還る故土(こど)　死何ぞ難(かた)からん

（註）「ロッホ・ローモンドの歌」〝君は上の道を行け、私は下の道を行く。君の道は故郷へと続き、私の道は墓地へと続く……〟。

捕虜兵寄戀人歌

伏屍荒野素琴殘
捕虜民兵月下彈
我徑昏昏到冥界
君途燦燦入雲端
幼時峻谷草叢戲
芳歳澄湖花圃歡
雖隔幽明情念一
先還故土死何難

（七言律詩／寒韻）

伏屍（倒れころがっている屍）
素琴（そまつな琴。琴は弦楽器の総称）
昏々（暗いこと）
燦々（輝くこと）

愛丁堡城(エジンバラ)で女王を傷む

断崖に嵌立(かんりつ)す　古都の城
城内の石廊　悲史に盈(み)つ
壁上の弾丸　惨劇を伝え
堂隅の甲冑(かっちゅう)　竜争を示す
英王の生誕　波瀾の道
貴族の興亡　混乱の程
今聴く砲声　恨を晴らすや否や
陽光度(わた)らず　鐘情を奈(いかん)せん

愛丁堡城傷女王

斷崖嵌立古都城
城内石廊悲史盈
壁上彈丸傳慘劇
堂隅甲冑示龍爭
英王生誕波瀾道
貴族興亡混亂程
今聽砲聲晴恨否
陽光不度奈鐘情
（七言律詩／庚韻）

女王（スコットランド女王、メアリー・スチュアート）
甲冑（よろいかぶと）
竜争（天下分け目の争い）
英王（ジェームス一世）
鐘情（鐘の音にひかれる情）

墨西哥(メキシコ)の金字塔(ピラミッド)に登る

仙人掌(サボテン)列(つら)なる　両三里
金字塔(ピラミッド)双(ふた)つ　天外に横たう
竜は砂塵を巻き　視界を妨げ
人は攢石(ざんせき)を穿(うが)ち　徒行を害(そこ)なう
庶邦の栄耀に　久しく想いを馳せ
王国の終焉に　転(うた)た情を悵む
登頂すれば　荒涼たる無極の景
空しく聞く　亡者断腸の声

登墨西哥金字塔

仙人掌列兩三里
金字塔雙天外横
龍卷砂塵妨視界
人穿攢石害徒行
庶邦榮燿久馳想
王國終焉轉悵情
登頂荒涼無極景
空聞亡者斷腸聲

（七言律詩／庚韻）

竜（竜巻）
攢石（むらがる石）
庶邦（諸国）
王国（アステカ王国）
無極（尽きる所のない）

（註）紀元前四世紀から七世紀にかけて栄えた宗教都市国家テオティワカン文明の遺跡。

珊瑚礁（さんごしょう）の島に遊ぶ

南溟波静かにして　軽舟を繋（つな）ぐ
孤島歩して巡れば　椰子稠（やししげ）し
影を帯ぶ鮮花　沙岸に点じ
芳を捜す彩蝶　水辺に浮ぶ
海中　簇々（そうそう）たる珊瑚の樹
天上　熒々（けいけい）たる星座の儔（ちゅう）
感慨無窮（むきゅう）　昏昼（こんちゅう）の景
方（まさ）に知る絶境　楽園の遊

（註）オーストラリア西海岸の珊瑚礁グレート・バリアリーフにあるヘロン・アイランド。

遊珊瑚礁島

南溟波靜繋輕舟
孤島歩巡椰子稠
帶影鮮花沙岸點
搜芳彩蝶水邊浮
海中簇簇珊瑚樹
天上熒熒星座儔
感慨無窮昏晝景
方知絶境樂園遊

（七言律詩／尤韻）

南溟（南の海）
簇々（群がり集まるさま）
熒々（遠く小さくきらきらと輝くさま）
儔（ともがら）
昏昼（夜と昼）
無窮（きわまりない）

好望角に立つ

非洲縦断　蕪荒（ぶこう）を過ぎ
遂に到る天涯　岬角（こうかく）の郷
東望すれば　雲は移る亜東の海
西観すれば　潮は躍る泰西の洋
千濤（せんとう）は重畳して　連岸を拍（う）ち
二水は分離して　異方に向かう
載宝の帆船来往の処
只今唯だ白鷗の翔ぶ有り

（註）好望角はアフリカ最南端の喜望峰のこと。

立好望角

非洲縱斷過蕪荒
遂到天涯岬角鄕
東望雲移亞東海
西觀潮躍泰西洋
千濤重疊拍連岸
二水分離向異方
載寶帆船來往處
只今唯有白鷗翔

（七言律詩／陽韻）

非洲（アフリカ）
蕪荒（草の生いしげった荒れた土地）
亜東の海（インド洋）
泰西の洋（大西洋）

六、歳寒に詠む

無為（むい）

夢醒（さ）むれば日午（にちご）　雨声頻（しき）りなり
読むに倦（う）む群書　獺祭（だっさい）の茵（いん）
問う勿（な）かれ　如今（じょこん）　何事を作（な）せしと
春秋已（すで）に乏（とぼ）しき　老衰の身

（註）獺祭…詩文などをつくるとき、多くの参考書を左右に並べること。唐代末期の詩人、李商隠の詩のつくり方を誹ったことば。

無為（何事もしない）　茵（しとね）
日午（まひる）　如今（ただ今）

無爲

夢醒日午雨聲頻
倦讀群書獺祭茵
勿問如今作何事
春秋已乏老衰身

（七言絶句／眞韻）

我と懶眠の猫

小斎　巻を繙き　良宵を度る
今暖衾を抱き　起きるに慵き朝
窓外　三竿　日窺う処
南軒曝背　懶眠の猫

小斎（そまつな書斎）
巻（書物）
良宵（よい夜）
度る（過ごす）
暖衾（あたたかなふとん）
三竿（朝八時頃）
曝背（背をさらす、ひなたぼこ）
懶眠（ものうい眠り）

我與懶眠猫

小齋繙卷度良宵
今抱暖衾慵起朝
窓外三竿日窺處
南軒曝背懶眠猫

（七言絶句／蕭韻）

午睡即時

噪声　溽暑　書窓の裡
病後無為　巻を抛って眠る
雪舞う氷原　二更の夢
夢醒め又聴く　雨中の蝉

午睡（ひるね）　溽暑（湿気が多く暑い）
噪声（さわがしい声）　二更（夜十時ごろ）

午睡卽時

噪聲溽暑書窓裡
病後無爲抛卷眠
雪舞氷原二更夢
夢醒又聽雨中蟬

（七言絶句／先韻）

夜更（やこう）の書斎

小斎（しょうさい）に閑座（かんざ）すれば　独り醒心（せいしん）
漆黒（しっこく）の叢篁（そうこう）　暮禽（ぼきん）絶ゆ
一片の詩情　弦月の影（かげ）
秋容（しゅうよう）老ゆる処（ところ）　夜　逾（いよいよ）深し

夜更（よふけ）
醒心（さめた心）
叢篁（むらがる竹）
暮禽（夕暮れに飛ぶ鳥）
秋容（秋のようす）

夜更書齋

小齋閑座獨醒心
漆黒叢篁絶暮禽
一片詩情弦月影
秋容老處夜逾深

（七言絶句／侵韻）

春の宵（よい）

紫紅（しこう）散り尽（つ）くし　柳条（りゅうじょう）垂（た）れ
友を餞（おく）り　春を惜（お）しみ　終夕悲し
燭（しょく）を秉（と）り宵（よい）に遊ぶは　古人の習（ならわし）
今人（きんじん）　離涙（りるい）　花に灑（そそ）ぐ時

（註）李白の春宵宴に「古人秉燭夜遊」とある。

紫紅（花々）　秉燭（ともしびをともす）
柳条（柳の枝）　今人（今生きている人）
終夕（終夜、夜どおし）　離涙（別れの涙）

春　宵

紫紅散盡柳條垂
餞友惜春終夕悲
秉燭宵遊古人習
今人離涙灑花時

（七言絶句／支韻）

春を送る

緑陰重畳（ちょうじょう）　緑雲の中
裊々（じょうじょう）として　逾（いよいよ）鮮やかなり雨後の風
雛鳥（すうちょう）巣を離れ　春を送る後
万枝時に見る　一痕（いっこん）の紅

送　春

綠陰重疊綠雲中
裊裊逾鮮雨後風
雛鳥離巢送春後
萬枝時見一痕紅
（七言絶句／東韻）

緑陰（青葉のかげ）
緑雲（一面にしげった青葉の形容）
重畳（幾重にもかさなる）
裊々（ゆらゆら揺れるさま）
雛鳥（ひなどり）
一痕の紅（わずかに後を留める紅色の花）

七夕（しちせき）

紗窓（さそう）夜色（やしょく）　孤愁（こしゅう）を促（そく）す
想い得（え）たり　相逢うて女牛（じょぎゅう）を看（み）しを
常（つね）に有り　人間（じんかん）に長別の恨（うらみ）
天を仰ぎ　些（いささ）か羨（うらや）む鵲橋（じゃっきょう）の　籌（はかりごと）

（註）鵲橋…かささぎの橋。七夕の夜、織女が鵲に乗って天の川を渡るという伝説から生じたことば。

紗窓（薄絹を張る窓）　人間（俗世界）
女牛（牽牛と織女の二星）　籌（策略をめぐらすこと）

七夕

紗窓夜色促孤愁
想得相逢看女牛
常有人間長別恨
仰天些羨鵲橋籌

（七言絶句／尤韻）

七夕星を緬想す

渺茫(びょうぼう)たる銀河　女牛皓たり
女児は祈願す　裁縫の巧なるを
清涼殿庭　乞巧奠(きっこうでん)
昔人は未だ知らず　天蓋(てんがい)の造を
今人眸(ひとみ)を凝らし　思緒は回る
周歳唯ひとたびの逢瀬哀れと
亦思う深遠なる時空の事
想像(イメージ)鼓起す未来の姿
軈(やが)て見ん揺天に　織女の詭(き)なるを
星の命長しと雖(いえど)も生死有り
遂に星屑(ほしくず)と化し　星間を漂う
七夕の情話　三世の彩

(古詩／換韻格)(上声巧皓通韻、平声灰支通韻、上声紙賄通韻)

緬想七夕星

渺茫銀河女牛皓
女兒祈願裁縫巧
清涼殿庭乞巧奠
昔人未知天蓋造
今人凝睇思緒回
周歳唯一逢瀬哀
亦思深遠時空事
想像鼓起未來姿
軈見遙天織女詭
星命雖長有生死
遂化星屑漂星閒
七夕情話三世彩

緬想(はるかに思いやる)
渺茫(遠くかすかなさま)
女牛(織姫星と牽牛星)
皓(白く光る)
乞巧奠(星まつり、清涼殿の庭で行われた)
天蓋(地をおおう空、天)
周歳(まる一年)
詭(あやしいこと)
三世(過去、現在、未来)

書斎即時

方程解かんと欲す　昔の書生
今　月花を愛する鷗鷺（おうろ）の盟
誰か謂う　格言の悪貨を箴（いまし）むるは
詩は算術を駆（か）る　架頭（かとう）の争い

（註）格言は「悪貨は良貨を駆逐する」（グレシャムの法則）
数学四十五年、漢詩十年。漢詩が数学を駆逐したか…。
鷗鷺の盟（風流の交際）　　駆る（追い払う）
架頭（書架）

書齋卽時

方程欲解昔書生
今愛月花鷗鷺盟
誰謂格言箴惡貨
詩驅算術架頭爭

（七言絶句／庚韻）

晩秋の大学構内(キャンパス)感有り

紅楓揺落(こうふうようらく)す　序庠(じょしょう)の途(みち)
闊歩(かっぽ)する青衿(せいきん)　緩歩(かんぽ)の吾(われ)
意(おも)わざりき　盛時　秋の寂寞(じゃくばく)たるを
裸枝　風冷(ひ)ややかに　夕陽孤たり

（註）序庠…学校（序も庠も学び舎のこと。『孟子』には「夏には校といい、殷には序といい、周には庠という」とある）。
紅楓（もみじ）　青衿（学生）
闊歩（大股で歩く）　緩歩（ゆっくり歩く）

晩秋大學構内有感

紅楓搖落序庠途
闊歩青衿緩歩吾
不意盛時秋寂寞
裸枝風冷夕陽孤

（七言絶句／虞韻）

寒天に星流るるを観る

霜威(そうい)　夢醒(さ)む　寂寥(せきりょう)の辺(ほとり)
星座氷(こお)る如く　久遠(くおん)の天
一瞬の斜行(しゃこう)　淡光熄(や)む
窺(うかが)い観る　砕玉(さいぎょく)の　是(こ)れ終焉(しゅうえん)

寒天観星流

霜威夢醒寂寥邊
星座如氷久遠天
一瞬斜行淡光熄
窺観砕玉是終焉

（七言絶句／先韻）

霜威（しもが降りて寒さが厳しいこと）　熄む（消える）
寂寥（ひっそりとしてもの淋しいさま）　砕玉（星）
斜行（ななめに走る）

觀快雪堂帖寄竹馬友

義之書跡一堂陳
舞鳳飛龍墨蹤眞
往昔臨池丱童友
揮毫折簡憶君頻
（七言絶句／眞韻）

「快雪堂帖」を観て竹馬の友に寄す

羲之（ぎし）の書跡　一堂に陳（なら）ぶ
舞鳳飛竜（ぶほうひりゅう）　墨蹤（ぼくしょう）の真（しん）
往昔　臨池（りんち）　丱童（かんどう）の友
揮毫（きごう）の折簡（せっかん）に　君を憶うこと頻（しき）りなり

（註）王羲之（東晋の書家）。「快雪堂帖」は作品名で、その中に快雪時晴想安善とある。舞鳳飛竜は羲之の書風。
（註）臨池（習字のこと、後漢の張芝が池のそばで書を習ったとき、池の水が墨で黒くなったという故辞）。
墨蹤（すみのあと）　　折簡（竹のふだに書いた手紙）
丱童（幼い子ども、髪をあげまきに結った子）

暁窓試筆

花箋（かせん）　清硯（せいけん）　空堂に在り
入木（じゅぼく）成らんと欲して　暁光を催す
想見（そうけん）す　羲之（ぎし）の書法の事
鼠鬚（そしゅ）　筆は得たり　換鵞（かんが）の芳（ほう）

（註）換鵞…書物を請い求めること。羲之ががちょうを愛し、その書とがちょうを交換した故事による。

花箋（美しい紙）　入木（筆力の強いこと）
清硯（清い水の入ったすずり）　鼠鬚（ねずみのひげ）
空堂（ひっそりした堂）　鵞（がちょう）

暁窓試筆

花箋清硯在空堂
入木欲成催暁光
想見羲之書法事
鼠鬚筆得換鵝芳

（七言絶句／陽韻）

梅雨の小斎

窓を鎖す苦雨　竹林の居
新緑　庭を占め　桃李疎なり
鬱陶を如何せん　行暮ならんと欲す
小斎独り愛す　故宮の書

（註）故宮の書は台湾故宮博物院の書。
苦雨（長く降りつづく雨）　鬱陶（気がめいって晴ればれしない）
桃李（桃とすもも）　行暮（だんだん日が暮れること）

梅雨小齋

鎖窓苦雨竹林居
新綠占庭桃李疎
如鬱陶何欲行暮
小齋獨愛故宮書

（七言絶句／魚韻）

阿山山麓で曽遊を憶う

白雪の群峰　碧穹に連なる
昔時　山頂　喜歡窮(きわ)まる
今　彼(か)の嶺を瞻(み)て　緑茵に憩えば
風色依然　同(とも)にせざるを歎く

（註）かつて亡夫、家族で幾度か訪れたスイスのグリンデンワルド。

緑茵（くさのしとね）　　風色（ながめ）
依然（もとのまゝ）

阿山山麓憶曾遊

白雪群山連碧穹
昔時山頂喜歡窮
今瞻彼嶺綠茵憩
風色依然歎不同

（七言絶句／東韻）

阿山展望台

吊車（ちょうしゃ）乗り継ぎ　雲海を越えれば
忽ち見る碧虚に白峰輝くを
眺望三百六十度
更に上る回転展望台
且（か）つ来り且（か）つ去り　麗容馳（は）す
秀嶺の三山　崔嵬（さいかい）を圧し
凍結の雪原　日裏に淡く
白濁の氷河　断崖に露（あら）わる
知る是（これ）　地殻変動の遺（あと）
想起す　太古天地の隈（くま）
旧人見るや否や　神宿る如くと
千山万壑（ばんがく）　千古の姿

阿山展望臺

乘繼吊車越雲海
忽見碧虚白峰輝
眺望三百六十度
更上回轉展望臺
且來且去麗容馳
秀嶺三山壓崔嵬
凍結雪原日裏淡
白濁氷河露斷崖
知是地殼變動遺
想起太古天地隅
舊人見否如神宿
千山萬壑千古姿
（七言古詩／一韻到底格
〈支、微、佳、灰、通韻〉）

阿山（阿欒卑斯（アルプス）山脈）
碧虚（碧空、青い空）
秀嶺の三山（アイガー・メンヒ・ユングフラウ）
崔嵬（石や岩がゴロゴロして険しい山）
旧人（ネアンデルタール人など）
千山万壑（多くの山々）

都府楼(とふろう)跡に菅公(かんこう)を懐(おも)う

秋風早くも動く　飛梅の地
霜気俄(にわか)に生じ　病い深からんと欲す
主は逝き　謫居(たくきょ)に灯火失せ
爾来(じらい)響かず　寺の鐘音

都府楼（大宰府の正面の高楼）　謫居（配所）
菅公（菅原道真）　爾来（以来）
飛梅の地（大宰府）　寺（観世音寺）

都府樓跡懷菅公

秋風早動飛梅地
霜氣俄生病欲深
主逝謫居燈火失
爾來不響寺鐘音

（七言絶句／侵韻）

元寇防塁跡(げんこうぼうるい)に過(よぎ)る

潮香弥漫(びまん)し　沙汀は邐(つらな)る
履迹(りせき)忽ち消し　波浪は侵(おか)す
一過の天飆(てんびょう)　元寇の変
日は防塁に傾き　虫音(ちゅうおん)切なり

（註）元寇防塁……十三世紀、元が九州に来襲した時の防塁が、今も福岡の海岸近くに残る。

弥漫（一面に広くおおう）　履迹（足あと）
沙汀（砂浜）　天飆（つむじ風）

過元寇防壘跡

潮香彌漫沙汀邐
履迹忽消波浪侵
一過天飆元寇變
日傾防壘切蟲音

（七言絶句／侵韻）

泰河（テムズ）の月

泰河　波蕩（うご）き　秋声起きる
雲影東に行き　客情新なり
桑梓（そうし）応（まさ）に同じかるべし　此の光景
岸頭　今夜　月華明らかなり

客情（旅人の思い）　月華（月の光）
桑梓（故郷）

泰河月

泰河波蕩起秋聲
雲影東行新客情
桑梓應同此光景
岸頭今夜月華明

（七言絶句／庚韻）

二都の月

鵬程万里　家郷に返れば
蔓草の荒庭　皎として霜の似し
昨に望みし　嬋娟たる泰河の月
今宵は墨水に　玉輪光らん

二都（ロンドンと東京）
鵬程万里（遠い道程のたとえ）
蔓草（はびこっているつる草）
皎として（月光の白く輝くこと）
嬋娟（あでやかで美しいさま）
泰河（テムズ河）
墨水（隅田川の雅名）

二都之月

鵬程萬里返家郷
蔓草荒庭皎似霜
昨望嬋娟泰河月
今宵墨水玉輪光

（七言絶句／陽韻）

訪愛爾蘭聖地

小丘聖地綠連天
食草群羊憶往年
凱爾遺民郷思久
日輪十字世相傳

（七言絶句／先韻）

愛爾蘭（アイルランド）の聖地を訪（おとな）う

小丘の聖地　緑　天に連なる
草を食（は）む群羊に　往年を憶う
凱爾（ケルト）の遺民　郷思久しく
日輪の十字　世に相伝う

（註）ケルトとはケルト語を話す文化集団のこと。古代ギリシャ人が西ヨーロッパの異民族をケルトイと呼んだことに由来する。

（註）聖地はケルトの聖地タラの丘のこと。アイルランド、ダブリンの近くにある。

（註）日輪の十字はケルトの太陽神である日輪を組み合わせた十字架。

凱楽特(ケルト)の妖精伝説に感有り

愛蘭の風説　妖精見る(あらわ)る
此(これ)は是(これ)　黄泉の亡国の氓(たみ)
凱楽特(ケルト)の人　憐憫(れんびん)の果(はて)
今知る千古の精魂(せいこん)の情

凱樂特妖精傳說有感

愛蘭風說見妖精
此是黄泉亡國氓
凱樂特人憐憫果
今知千古精魂情

（七言絶句／庚韻）

（註）妖精伝説はケルトにあり、かつて亡ぼした先住民への贖罪のため、彼らを小人にして地下の王国に住まわせた。今も時々、その小人たちが顔を出す。それが妖精である。

愛蘭（愛爾蘭（アイルランド）の略）　氓（支配される人民）
風説（風評、うわさ）　憐憫（かわいそうに思う）
黄泉（死者の行く所）　靖魂（鎮魂に同じ）

尼泊楽（ネパール）の街

市街の陋巷（ろうこう）　暮烟（ぼえん）の中
物乞う鬚眉（じゅび）　素足の童（わらべ）
民　窮を忘るるに足りて　来世を願う
塵土（じんど）を看ずして　崆峒（くうどう）を仰ぐ

陋巷（貧しい裏町などの狭苦しい町すじ）
暮烟中（夕暮れの煙の中）
鬚眉（男）
窮（貧困）
塵土（この世、けがれた世）
崆峒（高く険しい山）

尼泊樂街

市街陋巷暮烟中
乞物鬚眉素足童
民足忘窮願來世
不看塵土仰崆峒

（七言絶句／東韻）

聖河の火葬を観る

喧騒（けんそう）の寺院　聖河に隣す
火葬の遺灰　泥瀬（でいひん）に播く
徒（た）だ輪廻（りんね）を信じて　民敬慎（けいしん）す
慇懃（いんぎん）な沐浴　吾が神を動かす

観聖河火葬

喧騒寺院聖河隣
火葬遺灰播泥瀬
徒信輪廻民敬慎
慇懃沐浴動吾神

（七言絶句／真韻）

（註）ガンジス河の支流、聖なるバグマティ河の対岸からヒンドゥー教の火葬と葬儀を観る。遺灰は川に流されるが、そこで沐浴する人の姿がある。

聖河（ネパールのバグマティ河）　慇懃（ねんごろ、うれい痛むさま）
泥瀬（泥状の水辺）　吾が神を動かす（感動を起させる）
敬慎す（身を引き締めて慎む）

尼泊爾（ネパール）の驢（ろ）商隊

霧は山腹を籠め　已（すで）に斜陽
商隊何（いず）くにか之（ゆ）く　行列長し
此の道　曽経（かって）夷と夏（か）を結ぶ
驢鈴の反響（こだま）　鏘々（そうそう）と迫る

尼泊爾驢商隊

霧籠山腹已斜陽
商隊何之行列長
此道曾經結夷夏
驢鈴反響迫鏘鏘

（七言絶句／陽韻）

（註）此の道はネパール、ジョムソン街道をさす。夷夏は夏夷のこと。中国人は漢民族の文化を中華（中夏）と称し、その文化の恩恵を受けない人々を夷と言った。

驢鈴（ロバの鈴）　鏘々（鈴の鳴る澄んだ音）

道拉吉里（ダウラギリ）峰遭難に感有り

旅途　曽（かつ）て望む　勢　天を遮（さえぎ）るを
此の岳に　将に登らんとし　人は決然たり
氷刀　忽ち崩れ　終に力尽く
豈（あ）に憐れまんや　壮志　雪中に伝わらん

道拉吉里峰遭難有感

旅途曾望勢遮天
此嶽將登人決然
氷刀忽崩終力盡
豈憐壮志雪中傳

（七言絶句／先韻）

（註）ダウラギリ峰はネパールのアンナプルナ連峰近くにある八千メートルを越す山。
（註）人は八千メートル五座、七大陸最高峰登頂の登山家河野千鶴子氏。

旅途（旅の途中）　　壮志（勇ましい志）
氷刀（氷のようにとぎすまされたやいば）

単独行の登山家を讃す

登攀（とはん）甚だ険に　絶峰遼（はる）か
氷壁の足蹤（そくしょう）　一条を描く
恰（あたか）も似たり　画家の筆を揮（ふる）う布
誉毀（よき）に関せず　風標潔し

登攀（よじのぼる）
誉毀（毀誉のこと、ほめるとそしる）
風標（人がら）

讃單獨行登山家

登攀甚險絶峰遼
氷壁足蹤描一條
恰似畫家揮筆布
不關譽毀潔風標

（七言絶句／蕭韻）

再訪亜美尼亜(アルメニア)の友

高加索(コーカサス)を越え　少しく南行す
九歳の参商(しんしょう)　再会成る
静かに語る　同胞の多くの禍福を
深く懐う　民族の幾枯栄を
古来の霊岳　今　境を争うも
伝唱の方舟(はこぶね)　已(すで)に名を得る
先祖の文明　回顧切なり
三訪期し難く　離情を動かす

再訪亞美尼亞友

越高加索少南行
九歳參商再會成
靜語同胞多禍福
深懷民族幾枯榮
古來靈嶽今爭境
傳唱方舟已得名
先祖文明回顧切
難期三訪動離情

（七言律詩／庚韻）

参商（参星と商星。この二星は同時に天に現われないので、親しい人と遠く離れて会わないでいることを意味する）
霊岳（アララト山）
伝唱の方舟（聖書のノアのはこぶね）

奥林匹克（オリンピック）百米跑賽（ほうさい）を観る

拳（けん）を握る八万　衆　声を呑む

号砲音終れば　已に決贏（けつえい）

韋駄天（いだてん）の郎　弓を射る態

栄冠得る処　独り名を揚ぐ

観奥林匹克百米跑賽

握拳八萬衆呑聲

號砲音終已決贏

韋駄天郎射弓態

榮冠得處獨揚名

（七言絶句／庚韻）

跑賽（競争）　決贏（勝ちが決まる）

拳（こぶし）　韋駄天の郎（速く駆ける男、ウサイン・ボルトをさす）

日蝕の時に紫騮（しりゅう）誕生す
名づけて曰く「日蝕（エクリプス）」
天空の珍異　名に負いし騮（りゅう）
疾走風の如く　与（とも）に儔（ちゅう）なる莫（な）し
奇跡　或いは施す　希世（きせい）の力
栄冠　血は継ぐ　豈に由無（よしな）からんや

（註）一七六四年の日蝕のとき、南イングランドの牧場で生まれた栗毛の馬が、日蝕（エクリプス）と名づけられた。サラブレッドの主ルートの一つとなり、日本の名馬シンザンはこの血を引く。
珍異（普通と異なる。ここでは日蝕のこと）　希世（世にまれな）
紫騮（栗毛の馬）

日蝕時紫騮誕生
名曰日蝕
天空珍異負名騮
疾走如風莫與儔
奇跡或施希世力
榮冠血繼豈無由
（七言絶句／尤韻）

血統（サラブレッド）馬街道に感有り

馬声微（かす）かに響く　草香（かお）る場
久しからずして鞍を乗せ　鞭影に忙す
蹄（ひづめ）は　空を駆け　電光の閃（せん）に似る
願うらくは　名馬となりて人を狂わしめん

血統馬街道有感

馬聲微響草香場
不久乘鞍鞭影忙
蹄似馳空電光閃
願成名馬使人狂

（七言絶句／陽韻）

（註）白毛の名馬メジロマックイーンの育った牧場を北海道、サラブレッド街道に訪ねる。
閃（いなずま、ひらめき）
馬声（馬のいななき）

宇宙往還の朝顔

萌芽の種子　天を望みて育ち
地上に青を開き　露を宿して鮮やかなり
此の祖　昔時　宇宙に居す
夭々（ようよう）たる花態に　星の妍なるを憶う

（註）宇宙飛行士山崎直子さんが宇宙にもっていった朝顔の子孫の種を蒔く。
往還（行って帰る）　　天々（若く生き生きしたさま）
青を開き（青い花を咲かす）

宇宙往還之朝顔

萌芽種子育望天
地上開靑宿露鮮
此祖昔時居宇宙
夭夭花態憶星妍

（七言絶句／先韻）

帰去来兮（かえりなんいざ）

独（ひと）り郷園を出で　歳月更（あらた）まる
初志成さんと欲し　好風に乗ずるも
何ぞ忘れん彼（か）の景　帰心切なり
玄海の落暉（らっき）　波万層（なみばんそう）

（註）陶潜の「帰去来辞」に　帰去来兮　田園将蕪胡不帰（かえりなんいざ　でんえんまさにあれんとす　なんぞかへらざる）とある。
帰心（故郷に帰りたいと思う心）　落暉（夕日の光）
玄海（玄海灘）　万層（幾重にもかさなる）

歸去來兮

獨出鄕園歳月更
欲成初志好風乘
何忘彼景歸心切
玄海落暉波萬層

（七言絶句／蒸韻）

卒業六十年同窓会

紅顔　今歎ず　鬢辺(びんへん)の糸
駒隙(くげき)六旬(じゅん)　辞を尽(つ)くすこと頻(ひん)なり
有るや否や　今日を語る他年
唯遺(ただのこ)る学舎　旧時の姿

紅顔（少年）　旬（十年）
鬢辺糸（老人の白髪）　他年（後の年）
駒隙（年月の早く過ぎること）

卒業六十年同窓會

紅顔今歎鬢邊絲
駒隙六旬頻盡辭
有否他年語今日
唯遺學舍舊時姿

（七言絶句／支韻）

帰郷

病癒(い)えて郷に帰る　将(まさ)に十年ならんとす
車窓　景は繞(めぐ)る幾山川
頭(こうべ)を回せば　朋友(ほうゆう)昔遊の地
知己何ぞ図(はか)らん　九泉に赴(ふ)かんとは

朋友（友人）
九泉に赴く（死去にすること）
知己（心のかよう友）

歸郷

病癒歸郷將十年
車窓景繞幾山川
回頭朋友昔遊地
知己何圖赴九泉

（七言絶句／先韻）

病牀口占（こうせん）

廿日（はっか）炎を生ず関節の辺
無聊（ぶりょう）の長夜　眠りを成さず
寒窓空しく視れば　模糊（もこ）として黒し
戛玉（かっきょく）聴かず　脩竹田（しゅうちくでん）

口占（口ずさみ）
廿日（二十日）
無聊（心に心配事があって楽しまない）
模糊（はっきりしないさま）
戛玉（竹の鳴る音）
脩竹田（すらりとながい竹やぶ）

病牀口占

廿日生炎關節邊
無聊長夜不成眠
寒窓空視模糊黑
戛玉不聽脩竹田

（七言絶句／先韻）

帰郷の車中偶成

帰心千里　列車の客
慊々（けんけん）として三年　疾癒（やまいい）えし身
旦日（たんじつ）都を出て　沃野（よくや）を馳（は）せ
夕陰海を経て　河浜を度（わた）る
遠く連なる過去　寂寥（せきりょう）の谷に
近く向う未来　濛味（もうまい）の津に
恐らくは聴かん郷音　呼噪の駅
歳華（さいか）の墟囿（きょゆう）に　人無かるべし

（註）頸聯は〝過去は寂寥の谷に連なり、未来は絶望の岸に向へり〟（萩原朔太郎の帰郷）を援用。

歸郷車中偶成

歸心千里列車客
慊慊三年疾癒身
旦日出都馳沃野
夕陰經海度河濱
遠連過去寂寥谷
近向未來濛味津
恐聽郷音呼噪驛
歳華墟囿可無人

（七言律詩／眞韻）

慊慊（心が満たされぬさま）
旦日（あくる朝）
沃野（耕作地）
濛味（ぼおっとして薄暗いさま）
呼噪（さわがしい）
歳華（青春時代）
墟囿（すたれた園）

筝の音

灯を消せば　明月窓を照らして明らかなり
耳を側つれば　疎々たる蟋蟀の声
恰も似たり澄色　水琴窟
又思う　曽て母　夜　筝を弾ぜしを

（註）水琴窟…手水鉢近くの地中に空洞を造り、そこに落ちる水滴が音を反響する仕掛け。
疎々（まばらな）
蟋蟀（こおろぎ）

筝音

消燈明月照窓明
側耳疎疎蟋蟀聲
恰似澄音水琴窟
又思曾母夜彈筝

（七言絶句／庚韻）

古い相片簿（アルバム）

蠹蝕（こしょく）の塵編（じんへん）　歳華（さいか）を消（け）す
故郷の山水　昔愁（せきしゅう）加わる
多情の年少（ねんしょう）　恩愛（おんあい）篤く
夢裏（むり）回思（かいし）す　父母の家

蠹蝕（虫の食った）
塵編（ほこりのたまった書籍、ここではアルバム）
歳華（年月）
多情（感じることの多い）

古相片簿

蠹蝕塵編消歳華
故郷山水昔愁加
多情年少篤恩愛
夢裏回思父母家

（七言絶句／麻韻）

年少（歳が若い人）
恩愛（いつくしみ）
回思（ふりかえって懐う）

七、哀悼詩

想夫憐（そうふれん）

君は見ん　地輿（ちよ）に孤燭（こしょく）然（も）ゆるを
我は看（み）る　天宇（てんう）に一星娟（けん）なるを
幽明境（さかい）を異（こと）にすも　猶（なお）影を追い
時に聴く箏（こと）の音（ね）　相府蓮（そうふれん）

（註）「相府蓮」は唐代の箏曲、「想夫憐」のもとの名。
地輿（地球、大地）　娟なる（あでやか、美しい）
天宇（宇宙、空）　幽明（冥土と現世）

想夫憐

君見地輿孤燭然
我看天宇一星娟
幽明異境猶追影
時聴箏音相府蓮
（七言絶句／先韻）

長夜偶成

恵風淹歳（けいふうえんさい）　吾（わ）が生を寄す
錦字（きんじ）　何為（なんす）れぞ呈（てい）すを得（え）ざらん
已（や）んぬるかな　灯前（とうぜん）　君遠く逝（ゆ）く
通宵（つうしょう）　夢を仮（か）り　幽明を結（むす）ばん

（註）錦字は機織りの錦繍の文字のことで、前秦の竇滔の妻蘇氏が夫を慕う廻文詩を織り込んで夫に送った故事による。

恵風（春風のように心地よい）　已矣（絶望のことば、もうだめだ、もう何もない）
淹歳（久しい年月）　通宵（夜どおし）

長夜偶成

恵風淹歳寄吾生
錦字何爲不得呈
已矣燈前君遠逝
通宵假夢結幽明

（七言絶句／庚韻）

臨終の牀（しょう）

日和の年歳　已（すで）に移るを知る
苦悶の病牀　医す可（べ）くも無く
凝睇す　情を含み　遺留の我を
笑み返す能（あた）わず　死が分（わか）つ時

日和（おだやかなこと）　遺留（あとに残る）
凝睇（じっと見つめる）

臨終牀

日和年歳已知移
苦悶病牀無可醫
凝睇含情遺留我
不能返笑死分時

（七言絶句／支韻）

憔悴（しょうすい）の夜

病（やまい）膏肓（こうこう）に入り　君帰らず
空斎（くうさい）の頽月（たいげつ）　書幃（しょい）を照らす
読残の篇（へん）は語る当時の事
輾転（てんてん）の牀頭（しょうとう）　万感（ばんかん）飛ぶ

憔悴（憂い悩むこと）
病膏肓に入る（医薬の及ばぬ病気が治りにくいこと）
頽月（落ちかかった月、残月）

憔悴之夜

病入膏肓君不歸
空齋頽月照書幃
讀殘篇語當時事
輾轉牀頭萬感飛

（七言絶句／微韻）

幃（とばり、たれぎぬ）
輾轉（安らかに眠れず寝返りを打つこと）
篇（書物）
万感（さまざまな思い）

夜深(よふ)けの書斎(しょさい)

君逝(ゆ)きて　何ぞ関(かん)せん　還(ま)た秋に入るを
消灯の書屋(しょおく)　桂香(けいか)浮ぶ
追懐(ついかい)す　共に賞(しょう)せし金葩(きんぱ)の景(けい)
馥郁(ふくいく)却(かえ)って催(もよお)す　百憂(ひゃくゆう)生じるを

書屋（書籍を入れておく室）　金葩（金色の花）
桂香（木犀のかおり）　百憂（さまざまな憂い）

夜深書齋

君逝何關還入秋
消燈書屋桂香浮
追懷共賞金葩景
馥郁却催生百憂

（七言絶句／尤韻）

君の逝(ゆ)きてより一年

虫声　月色　去年(きょねん)の痕(こん)
消日の幽居　或(ある)いは存する如く
五十の春秋　歴し所を懐(おも)う
君に哭(こく)す　吹断(すいだん)する朔風(さくふう)の軒(のき)

痕（涙のあと）
消日（日をすごす）
幽居（静かにすごす住まい）
吹断（吹きちぎる）
朔風（北風）

自君之逝一年

蟲聲月色去年痕
消日幽居如或存
五十春秋懷所歷
哭君吹斷朔風軒

（七言絶句／元韻）

遥夜偶成(ようやぐうせい)

旧(きゅう)に依(よ)る机辺(きへん)　長夜過ぐ
積念(せきねん)忘れ難く　吾(われ)を奈何(いかん)せん
死生命有(しせいめいあ)り　豈(あ)に疑わんや
且(しばらく)住(とどま)り安(やす)きを偸(ぬす)み　悼歌(とうか)を詠(よ)まん

遙夜偶成

依舊机邊長夜過
難忘積念奈吾何
死生有命豈疑也
且住偸安詠悼歌

（七言絶句／歌韻）

（註）死生有命は成句。人の生き死には天命による。

遥夜（長い夜）　偸安（眼前の安楽をむさぼる、一時の安穏をはかる）

依旧（以前のまま）

君逝(ゆ)きて後

爾来(じらい)　眺月(ちょうげつ)幾回か円(まどか)なる
旧の如き空庭　半夜の天
幽韻の残蛩(ざんきょう)　何事を語るや
遺存の我は解す　嘆き連綿(れんめん)たるを

君逝後

爾來眺月幾回圓
如舊空庭半夜天
幽韻殘蛩語何事
遺存我解嘆連綿

（七言絶句／先韻）

爾来（それ以来）
半夜（よなか）
幽韻（深くてもの静かな音色）
残蛩（残っているこおろぎ）
遺存（残りながらえる、残される）
連綿（長く続くさま）

春巡る小庭

新茁（しんさつ）の款冬（かんとう）　竹籬に沿う
夜来の鬼雨（きう）　冰肌（ひょうき）に灑（そそ）ぐ
春は回（めぐ）る此の地　主無き寓（ぐう）
百囀（てん）の嬌鶯（きょうおう）　百悲を結ぶ

新茁（芽ばえる）
款冬（ふきのとう）
鬼雨（死者の涙のように悲しく降る雨）
冰肌（梅の花）

寓（すまい）
百囀（おしゃべりな）
嬌鶯（なまめかしいうぐいす）

春巡小庭

新茁款冬沿竹籬
夜來鬼雨灑冰肌
春回此地主無寓
百囀嬌鶯結百悲

（七言絶句／支韻）

菩提寺を訪う

苔銭(たいせん)の古寺　正に幽寥(ゆうりょう)
墓石の一群　招かんと欲すが如し
僧は戒名を説き　頻(しき)りに我を慰(なぐさ)む
秋花献(けん)じ得て　久しく香(こう)を焼(た)く

（註）古寺は母方の菩提寺、山形県志戸田の乾徳寺。
菩提寺（家代々の墓のある寺）
苔銭（まるく点々と生えているこけ）

訪菩提寺

苔錢古寺正幽寥
墓石一群如欲招
僧說戒名頻慰我
秋花獻得久香燒

（七言絶句／蕭韻）

鬼録を繙き
幾許の童子の名を知り感有り

菩提寺を訪ぬれば　雪　銀を舗く
鬼籍　今に伝う耕稼の辛
頻りに涙す　血縁童子の記
魂は墓下に留まる　幾回の春ぞ

繙鬼録知
幾許童子名有感

訪菩提寺雪舗銀
鬼籍今傳耕稼辛
頻涙血縁童子記
魂留墓下幾回春

（七言絶句／眞韻）

鬼録（過去帳）
幾許（たくさん）
雪銀を舗く（雪のみたて）

鬼籍（鬼録に同じ）
耕稼（田畑を耕して作物を植えつけること）
辛（痛いほどの悲しみ）

占春苑に遊ぶ

占春苑裏　早春の姿
嫩緑未だ萌えず　梅数枝
高祖の観桜　文雅の宴
遥かに思い　苗裔　荒地を繞る

（註）占春苑は茗荷谷にある。昌平黌儒官であった芳野金陵がここで観桜の歌会を催したと「占春園雑記」にある。

嫩緑（若い緑）　苗裔（遠い子孫）
高祖（祖母の祖父）

遊占春苑

占春苑裏早春姿
嫩緑未萌梅數枝
高祖觀櫻文雅宴
遙思苗裔繞荒地

（七言絶句／支韻）

芳野金陵の墓に展ず

谷中(やなか)展墓　落花の中(うち)
鳥迹の碑銘(ひめい)　苔(こけ)充(み)たんと欲す
読解何ぞ能(あた)わん　孫は不肖(ふしょう)
鴻儒(こうじゅ)相慕い　流風を唱(とな)えん

鳥迹（漢字）
碑銘（墓所に刻む文）
孫（子孫）
不肖（父祖に似ない。かしこくない）
鴻儒（りっぱな学者）
流風（遺風）

展芳野金陵墓

谷中展墓落花中
鳥迹碑銘苔欲充
讀解何能孫不肖
鴻儒相慕唱流風

（七言絶句／東韻）

宇陀の芳野城趾に過る

同志七人　闕下を辞す
流離播越　故城枯る
往時の軍塁　斑籜堆く
吹断す風は腥し　苗裔の吾に

過宇陀芳野城趾

同志七人辭闕下
流離播越故城枯
往時軍壘堆斑籜
吹斷風腥苗裔吾

（七言絶句／虞韻）

（註）芳野城は奈良県宇陀の城山にあった山城。南北分統の際、南朝の同志（芳野七騎）が闕を拝辞し奔播流離、その一部が千葉の松ヶ崎にたどりつき定住した。芳野金陵もここの出。

闕下（宮中）　斑籜（まだらの竹の皮）
流離播越（居場所を失い他国をさすらう）　苗裔（遠い子孫）

千歳上空感有り

九天万里　飛行を縦（ほしいまま）にす
翼を振るう大鵬　朔方（さくほう）を馳（は）せる
雲破れ突如　機下の景
曽て言う　先考の是（これ）家郷

（註）父の死後、祖父の地北海道小樽を訪ねる。

九天（おお空）　朔方（北の方）
万里（みわたす限り続く、はるかな所）　先考（死んだ父）
縦にす（思うまゝにする）

千歳上空有感

九天萬里縱飛行
振翼大鵬馳朔方
雲破突如機下景
曾言先考是家鄉

（七言絶句／陽韻）

北溟を訪ね先考を弔う

潮は沙岸に来り　浪軽く敲く
水際頻りに為る一沫の泡
人世無常　誰か痛まざらん
寒天　父を弔えば　自ら魂交わる

北溟（北の海、ここでは北海道の海）
水際（みぎわ）

訪北溟弔先考

潮來沙岸浪輕敲
水際頻爲一沫泡
人世無常誰不痛
寒天弔父自魂交

（七言絶句／肴韻）

命は一沫の泡に似る

生を享くる命有るも　逝くも忽々
波は戯れ泡を成す　蒼海の中
眩燿瞬時　風浪に没す
刹那の生滅　此れ真に同じ

忽忽（すみやかに過ぎ行く）
眩燿（眩耀と同じ、まばゆいほど輝くこと）
風浪（風で荒くなった波）

命似一沫泡

享生命有逝忽忽
波戯成泡蒼海中
眩燿瞬時風浪沒
刹那生滅此眞同

（七言絶句／東韻）

刹那（きわめて短い時間）
生滅（生まれることと死ぬこと）

高尾(たかお)の墓

紅於(こうお)の山麓　残陽を帯(お)びる
先考(せんこう)　応(まさ)に哀(かな)しむべし　年月長し
風起き北邙(ほくぼう)　魂(たましい)舞(ま)うや否(いな)や
知らず何故(なにゆえ)　屡(しばしば)茲(ここ)に傷(いた)むを

紅於（もみじ）
先考（亡父）
北邙（山の名、後漢以後、王侯貴族が葬られた墓地、転じて墓地）

高尾墓

紅於山麓帯残陽
先考應哀年月長
風起北邙魂舞否
不知何故屡茲傷

（七言絶句／陽韻）

八、「冬の旅」の大意に拠り戯れに作詩す

歌曲「冬の旅」　ヴィルヘルム・ミューラ作詩
　　　　　　　　フランツ・シューベルト作曲
西野茂雄訳、松村高夫改訳より意訳す。
五部に分け、絶句でつないだ。

冬の旅

(一)

私は余所者(よそもの)としてこの町にきた。美しい娘に恋をし、愛を語るが、それもつかの間。愛は移るもの。人々が私を追い払うまで、ここにぐずぐずしている訳にはいかない。我が影を道連れに私は旅に出る。この町を出ていくに先だち、恋人の家の窓に〝さらば〟の文字を書きつけて。

（さらば）

今はすっぽりと雪をかぶった曽遊の地で、空しく彼女の足跡を捜し求める。私の心は彼女の姿を包んで固く凍りついている。再びこの心が溶ける時が来たら、彼女の姿も流れ去るのだ。

（かじかみ）

町の境にきて、かつて愛を語った菩提樹のそばを通らねばならなかった。風にざわめくこの樹の枝々が音をたて私にささやく。「ここにおいで、おまえはここで安らぎを見つけることができる」と。

（菩提樹）

冬の旅

(一)

傷心の出旅　別離の刻(とき)
愛は転(うつ)る　何ぞ嫌(いと)わん世縁を捨つるを
我は伴う吾が翳(かげ)　月明の路(みち)
晩安(おやすみ)の字を記す　汝(なんじ)の窓辺に

曽遊(そうゆう)の緑野　今　雪を舗(し)く
空しく覓(もと)むる遺蹤(いしょう)　凍肢(とうし)裂ける
鬱結(うっけつ)の積懐(せきかい)　如(も)し忘れ来たれば
可憐な面相(めんそう)　時を同じうして滅びん

昔時　幹に刻みし両人の名
歴歳(れきさい)　逾(いよいよ)明らかなり緑蔭の情
憩(いこ)う所　応(まさ)に知るべし此(こ)の処(ところ)に存るを
株(き)に凭(よ)れば　我に語る風声懇(ねんご)ろなり

傷心出旅別離刻
愛轉何嫌捨世緣
我伴吾翳月明路
晩安記字汝窓邊
（さらば）

曾遊綠野今舖雪
空覓遺蹤凍肢裂
鬱結積懷如忘來
可憐面相同時滅
（かじかみ）

昔時刻幹兩人名
歷歲逾明綠蔭情
所憩應知存此處
凭株語我懇風聲
（菩提樹）

世縁（世俗の縁）
晩安（おやすみ、さらば）
遺蹤（足あと）
鬱結（気がふさぐ）
積懐（積る思い）
面相（おもかげ）
歴歳（年を経る）

㈡

私の涙が凍った雫となって、雪の上にしたたり落ちる。それは小さな流れとなり、川となり、やがて丘をめぐり街に出る。もし私の熱き涙があふれ出たら、そこが私の愛した人の住む処なのだ。

（あふるる涙）

追いたてられて逃げるように出てきたかの町。あの日のことが、胸によみがえる。だが振り向いてはいられない、回顧してはいられない。石ころにつまづく道で、カラスが砂をあびせかける。

（回顧）

鬼火が私を深い岩の裂け目に誘っていく。岩窟でどうやって出口を見つけるかって。道に迷うのにはもう慣れている。この世の歓喜、苦悶はすべてこの鬼火の戯れなのだ。

（鬼火）

（二）

路頭に涕（なみだ）落ち　涓流（けんりゅう）と化す
谷に沿い　丘を繞（めぐ）り　陌頭（はくとう）に澆（そそ）ぐ
熱き涙　如（も）し零（おち）なば　即ち応に識るべし
愛憐（あいれん）の人住む　此（こ）れ街陬（がいすう）と

逃げ来る郊畛（こうしん）　幾（いく）たびか踟躕（ちちゅう）す
鳥は砂塵を浴（あび）せ　吾を笑うが如（ごと）し
懐旧（かいきゅう）の情　重ねて起きる処（ところ）
彼（かの）街　顧眄（こべん）し　一に長吁（ちょうく）す

飄々（ひょうひょう）と我を誘う　奇（くし）き青い火
岩窟に迷い来れば　墓田に到る
世上の苦悶　鬼憐（きりん）の戯（たわむれ）
香は消え夢は絶つ　道終（つい）に全（まっとう）す

路頭涕落化涓流
沿谷繞丘澆陌頭
熱涙如零卽應識
愛憐人住此街陬
（あふるる涙）

逃來郊畛幾踟躕
鳥浴砂塵如笑吾
懷舊之情重起處
彼街顧眄一長吁
（回顧）

飄飄誘我奇青火
岩窟迷來到墓田
世上苦悶鬼憐戲
香消夢絕道終全
（鬼火）

路頭（路傍）
涓流（小さな流れ）
陌頭（道ばた）
愛憐（かわいそうに思う）
街陬（街のかたすみ）
郊畛（郊外の境）
踟躕（ためらいしりごみする）
顧眄（ふりかえってみる）
長吁（長くなげく）
墓田（墓のある地）
鬼憐（鬼火）

㈢

私は夢を見た、色とりどりの花が咲く五月の花園を。そして一人の美しい少女のことを、ただ愛のことを。ひとたびさめれば冬。凍てつく野。恋情、遺恨、朔風の中。

（春の夢）

通りの方から郵便馬車の響が聞こえてくる。なぜかくも私の心ははやり立つのか。訳もなく高鳴る我が心。あの町から彼女の手紙を運んでくるとでも言うのか。あゝ、無情にも馬車の響きは遠ざかっていく。

（郵便馬車）

カラスが一羽、町から私にずっとついてくる。妙な奴だな。何のため私から離れようとしないのだ。「おいカラスよ。おそらくは、お前の獲物として吾が死体を啄む気だな。よかろう。墓場までついてくるがよい。もうそう長くはない。」

（カラス）

㈢

破窓(はそう)の銀屑(ぎんせつ)　叢花かと意(うたが)う
夢裏(むり)の芳園(ほうえん)　春色誇るも
一(ひと)たび覚(さめ)れば　徘徊凍傷(はいかいとうしょう)の足
恋情　遺恨　朔風(さくふう)遮えぎる

轔々(りんりん)と相近づく馬車の音
何故に躁然と我が心を労す
空しく求める緘書(かんしょ)　空しく憶う昔
無情にも響は去り　恨偏(ひとえ)に深し

孤蓬(こほう)の行路に　鳥来たりて窺(うかが)う
墓場に誘うが如く　常に離れず
借問(しゃくもん)す　随従(ずいじゅう)　何(こ)の意(おも)う所ぞ
意思　恐らくは是れ　吾が屍(しかばね)を啄(ついば)まん

破窓銀屑意叢花
夢裏芳園春色誇
一覺徘徊凍傷足
戀情遺恨朔風遮
（春の夢）

轔轔相近馬車音
何故躁然勞我心
空求緘書空憶昔
無情響去恨偏深
（郵便馬車）

孤蓬行路鳥來窺
如誘墓場常不離
借間随従何所意
意思恐是啄吾屍
（カラス）

銀屑（雪）
叢花（むらがり咲く花）
夢裏（夢の中）
芳園（花咲きかおる庭園）
徘徊（さまよい歩く）
朔風（冬の風）
躁然（落ち付かないさま）
緘書（封書）
孤蓬（一つ風に翻って飛んでいくよもぎ。転じて一人で遠くに旅する人）
借間（質問する）
随従（付き従う）

㈣

嵐が空のとばりを引き裂く。ちぎれ雲が炎のように燃え、朝の光の中を飛びかっていく。これ、流浪の我が身の姿。嵐の朝の空に描かれた私自身を見る。

（嵐の朝）

何故、私は他の人の行く道を避け、人目につかぬ雪に覆われた岩山に通じる道を捜すのか。一本の道しるべが、揺るぎなく、私の視線の先に立っている。私はこの道を行かねばならない。未だ誰一人戻ってきたことのない道を。**（道しるべ）**

この道が、私を教会の墓地へと連れてきた。教会は弔（とむらい）の花輪の列。ここで永遠の眠りを得たいと思う。しかし無慈悲な主が、お前の入る余地はないと拒絶する。

「よし、私を追い払うなら、ただ先へ行くだけだ。」

（教会墓地）

(四)

疾風凄絶　天の帷を裂く
払乱の断雲　何れの所にか之かん
赤炎燃える如く　曙暉の下
是れ真に　流浪の我が身の姿

堆銀の荒野　彼の街は遥か
眼界　何為ぞ一道標
暗示す　人行きて未だ曽て戻らずを
我は求む此の路　更に迢々たり

北邙纔かに到れば　幾花圏
教会荘厳　合唱頻なり
死処探り来れど　主何ぞ酷なる
吾を拒めば　忽地　背馳の身

疾風凄絶裂天帷
拂亂斷雲何所之
赤炎如燃曙暉下
是眞流浪我身姿
(嵐の朝)

堆銀荒野彼街遙
眼界何爲一道標
暗示人行未曾戻
我求此路更迢迢
(道しるべ)

北邙纔到幾花圏
教會荘嚴合唱頻
死處探來主何酷
拒吾忽地背馳身
(教会墓地)

帷(カーテン)
払乱(逆らってかき乱す)
曙暉(暁の光)
堆銀(雪のつもった)
眼界(目に見える範囲)
迢々(はるかなさま)
北邙(墓のあるところ)
纔かに(かろうじて)
花圏(花輪)
忽地(たちまち)
背馳(そむく)

(五)

かつて上空に三つの太陽があった。信仰と希望と愛と。私はそれをじっと見ていた。だがすでに二つは沈んだ。今また三つ目も沈もうとしている。「勝手にしてくれ。私には暗闇の中の方が快適なのだ。」

（幻日）

村はずれ、朔風の中、年老いたライアー弾きが立っている。誰一人見向きもせず、誰一人聴こうともしない。それでも彼はただライアーを回し続けている。私に似て潦倒孤征（ろうとうこせい）の身か。心に響くその絃の音に私はここを去ることができない。「不思議な天涯淪落（りんらく）の老人よ、君について行ってもよいか。私の歌に合わせて、そのライアーを回してくれるかい」

（ライアー弾き）

(五)

曽て擬す　上天に　三つの太陽
愛情　信仰又希望
如今　二つは没し　一も将に去らんとす
若くは莫し　独り居る冥暗の郷
赤貧の楽士　朔風の中
我に似て　孤征潦倒の躬
切々たる其の絃　未だ去るに堪えず
因って希う　行旅　君に同じうするを

曾擬上天三太陽
愛情信仰又希望
如今二没一將去
莫若獨居冥暗鄕

(幻日)

赤貧樂士朔風中
似我孤征潦倒躬
切切其絃未堪去
因希行旅與君同

(ライアー弾き)

擬す(なぞらえる)
幻日(空気中で光が屈折して複数の太陽が見える現象)
如今(ただ今)
冥暗(くらい闇)
孤征(ひとりぼっちで旅路をいく)
潦倒(落ちぶれたさま)
ライアー(竪琴。癒しの音色をもつ)

あとがき

漢詩をはじめて十年の歳月が経過しました。斯文会の漢詩創作コース、朝日カルチャー横浜教室で窪寺啓先生のご指導を受け、先生には雌黄の筆も把っていただきました。また学士会の漢詩同好会である裁錦会では、石川忠久先生をはじめ漢詩に造詣の深い多くの会員の方々に教えを受けて今日到りました。

思い返せば、大学で数学を学びそれから四十年、数学の研究、教育にたづさわってきました。定年退職後漢詩に出会い、まったく素養のないまま次第に漢詩作りにのめりこんでいきました。やがて、書架のちょっとした変異に気がつくことになります。漢詩関連の本がどっさりとふえ、数学の本を隅に押しやってしまったのです。漢詩が数学を駆逐するとでもいうように。〝悪貨は良貨を駆逐する〟（グレシャムの法則）に適用するならば、漢詩が悪貨で数学が良貨です。そして、この書架と同じことが、おそらくは私自身の中でも起きていたのでしょう。いったい良貨の数学はどうなってしまったのかと、その無蔓の様を嘆いたものでした。

　しかしそれも過ぎ去ったこととなり、歳寒の今となっては、数学へのこだわりはすっかり消え、暇に乗じて蕪詩を賦す鷗鷺の盟をよしとするようになりました。

　漢詩の格調を借りて、外界の事物に感応したその折々の内的心情を、また、人の世の哀歓を、幾ばくなりとも詠い上げたいと願うのです。

　ここに私のささやかな詩集『漢詩集　遥かなる星漢』を上梓できますのは、私にとってこの上ない歓びです。

二〇二〇年夏

竹中淑子

著者略歴

竹中淑子（たけなか　よしこ）
福岡県生まれ
九州大学理学部卒業
慶応義塾大学名誉教授
理学博士
裁錦会会員（雅号、玉理）
日本エッセイスト・クラブ会員

〈主な著書〉
『数学からの7つのトピックス』（培風館）
『時有りてか尽きん』（慶応義塾大学出版会）
『漢詩を詠む日々』（慶応義塾大学出版会）
『数学者の家』（西田書店）

漢詩集　遥（はる）かなる星漢（せいかん）
二〇二〇年六月二一日初版第一刷発行

著　者　竹中淑子
発行者　日高徳迪
装　丁　臼井新太郎
発行所　株式会社西田書店
東京都千代田区神田神保町二―三四山本ビル
〒101―0051
TEL〇三―三二六一―四五〇九
FAX〇三―三二六二―四六四三
印　刷　株式会社平文社
製　本　有限会社高地製本所

ISBN978-4-88866-650-3 C0092

竹中淑子

随筆集　数学者の家

一棹の箪笥にこめられた数学者三代の系譜。父を語り、祖父を偲び、自らの研究生活と海外紀行を透徹した筆致で綴る断想八篇。

四六判上製本／２４０頁／**定価１６００円＋税**